LA MONTAGNE DE JADE

Regards croisés
sous la direction de Marion Hennebert

Collection *La Chine en jeu(x)*

www.aube.lu

ISBN éditions de l'aube : 2-87678-931-0

Xiaomin Giafferri-Huang

La montagne de Jade

roman

éditions de l'aube

À mes amis de Luoshan

Souvent le vrai résonne comme le faux,
et le faux résonne comme le vrai.

Lao-Tseu

I

Le vieux *Libération* cahotait sur la route mal goudronnée. À chaque secousse, nos fesses sautaient de deux centimètres du fond de la benne du camion sur laquelle nous étions assis. Personne ne criait. Cramponné à un des sacs, valises ou cartons entassés au milieu de la benne, rejeté tantôt à gauche tantôt à droite, tout le monde somnolait, dans une chaleur alourdie par la poussière brûlante qui montait des roues…

Ma jambe gauche était écrasée sous un poids. Je la retirai, elle cogna contre un corps, Yanyan grogna. Je me réveillai.

J'étais maintenant dans un lit; ce camion dans lequel nous avions voyagé coincés entre des bagages pendant plus de deux heures après déjà dix heures de train, n'était plus qu'un souvenir. Nous étions arrivés à la montagne de Jade.

Maintenant j'étais bien réveillée.

Nous étions arrivés dans l'après-midi. Les retrouvailles avec nos parents avaient été brèves. Ces cadres chassés de Pékin étaient venus ici pour cultiver les champs; ils devaient encore, disait-on, approfondir leur rééducation. En attendant qu'ils bâtissent des maisons de leurs propres mains, leurs enfants qui venaient les rejoindre allaient habiter avec les paysans; cela ferait du bien à ces « petits-bourgeois » de découvrir la réalité de la vie.

Les plus jeunes étaient tout de même autorisés à vivre avec les parents ; ils auraient une place dans un lit superposé, comme les grandes personnes, sous une des cabanes qui servaient de logis provisoire. Chacune d'elles abritait entre quarante et soixante personnes, hommes et femmes séparés.

J'avais à peine vu ma sœur installer son baluchon entre ma mère et une vieille collègue qu'on nous avait appelés au dîner. Et après le dîner, de nouveau le camion. On nous avait amenés, nous les grands, dans cette école de la commune populaire, où un dortoir collectif nous était préparé.

Je me retournai. Le lit était dur.

D'ailleurs, j'avais tort d'appeler ça un lit. C'étaient plus exactement des planches fixées horizontalement sur deux grosses poutres, surmontées elles-mêmes de troncs d'arbre taillés en pied. Ces planches reliaient de bout en bout les deux murs opposés et formaient une grande litière qui occupait le tiers de la pièce.

Je n'avais plus du tout sommeil. À la lueur de la fenêtre, j'observai notre nouveau foyer.

Sur la litière longue de huit mètres et large de deux mètres, nous – onze filles de douze à seize ans – dormions sur des matelas d'épaisseur différente, posés l'un à côté de l'autre.

Au bout, près du mur sans fenêtre, cette silhouette menue était celle d'Erniu, la plus jeune. À côté d'elle dormait sa sœur, de deux ans plus âgée mais beaucoup plus grande et plus grosse, Daniu, que nous appelions Shaniu, « l'idiote » ; elle était légèrement mongolienne. Plus près de moi, Shulai et Shumei, deux sœurs dont nous avions fait connaissance dans le camion. Comme personne ne voulait dormir à côté des nouvelles, Liping les avait placées entre Shaniu et elle-même. Liping était la plus âgée et était devenue le chef naturel du groupe.

J'étais étendue entre Liping et Yanyan, une fille toujours joyeuse. Lorsque nous étions arrivés à la tombée de la nuit, exténués et attristés par l'aspect délabré de l'école et de notre minable dortoir, Yanyan avait couru dehors et nous avait ramené des fruits sauvages. Des jujubes acides et quelques petites boules de forme biscornue qui ressemblaient à des morceaux de gingembre.

— Ils appellent ça la poire champignon. Goûte, c'est sucré !

Devant son enthousiasme, j'avais goûté du bout de la langue une de ces sortes de pommes de terre douceâtres et astringentes. Pouah ! Un fruit à maudire. Tout comme cet endroit.

Le dortoir des garçons était sans doute pareil, pensai-je en faisant le compte dans ma tête. Ils devaient être douze. Le plus grand était Weiguo. Tous venaient de quitter leur école de Pékin, comme nous, pour rejoindre leurs parents envoyés il y avait six mois dans cette école des cadres, un centre de rééducation.

En six mois, ces anciens directeurs, ingénieurs, médecins et enseignants avaient échafaudé une douzaine de cabanes sur un terrain vague d'une ancienne ferme, et avaient fait pousser dans les champs leurs premières plantes de blé, de riz, de colza et de maïs. On parlait, dans un journal local, du premier pas de la renaissance de ces cadres trop longtemps coupés du peuple travailleur. Et maintenant, une nouvelle vie allait commencer pour nous…

Je fus réveillée par un caquetage de voix mêlé à un cliquetis. Des filles remuaient autour de moi ; les plus rapides avaient déjà fini de faire leur lit et sortaient leur cuvette et gobelet en faïence avec leur brosse à dents. Je sautai du lit. Un rayon de soleil blanchâtre éclairait la litière commune : onze couvertures pliées en carré se rangeaient au bout des draps rose, bleu, fleuri, en rayures ou en carreaux.

— Dépêchez-vous !

Liping poussa la porte d'un genou, entraînant avec elle le froid de l'extérieur. Elle portait à deux mains une cuvette dans laquelle un gobelet flottait dans l'eau fumante.

— Dépêchez-vous si vous voulez de l'eau chaude, il n'y en aura pas tout le temps !

Dans la grande cour qui servait de préau, le vent avait fait tomber les dernières feuilles des arbres. L'allée des bouleaux qui menait à la petite cour était couverte d'un tapis doré. Je piétinai les feuilles mortes pour entendre leur craquement, imaginant la sensation romantique d'une fin d'été sous l'allée ombragée. Les filles et les garçons se précipitaient déjà dans l'autre sens avec leurs cuvettes fumantes.

La cantine se trouvait dans la petite cour au bout de l'allée ; je m'y retrouvai seule avec Erniu. Le vieux cuisinier, qui portait un tablier de gros tissu bleu, tapait de sa louche en bois le tonneau aussi grand que Erniu :

— Vous, les petits Pékinois, grogna-t-il, vous faites donc tous la grasse matinée ? L'heure de la toilette est finie : plus d'eau chaude !

— Il n'y en a plus ? Erniu, sur la pointe des pieds, jeta un coup d'œil déçu dans le tonneau – s'il vous plaît, juste un peu !

Le vieux cuisinier, la foudroyant du regard, pencha son tonneau. La louche racla le fond puis remplit à moitié la cuvette de la petite fille.

—Plus rien, dit-il à Erniu qui voulait encore supplier; faudra se lever plus tôt demain !

Je rentrai au dortoir, suivie d'Erniu avec son eau refroidie et brunâtre.

—N'aie pas peur de la couleur, dit la petite à sa grande sœur; c'est l'eau de l'étang, mais tu dois te laver, d'abord le visage, et puis après tes fesses.

—Oui, répondit sa sœur mongolienne, je me lave, sinon mon croupion sera macéré.

Les filles éclatèrent de rire. Shulai se tordit en deux, Yanyan recracha dans l'air sa mousse de dentifrice. Se mettant comme un paravent devant son aînée qui enlevait son pantalon, Erniu cria d'une voix furieuse :

—Ne vous moquez pas de ma sœur !

Liping fit taire tout le monde et posa sa cuvette devant les deux sœurs :

—Tenez, c'est encore tiède et c'est propre, je n'en ai pris qu'un gobelet.

Puis elle me tira par la manche :

—Viens, Lin, allons à l'étang.

—Je viens avec vous, dit Yanyan, finissant rapidement de se laver les dents.

La cour de l'école donnait sur une sorte de terrasse. À droite, un chemin de terre menait à la grande route, qui conduisait au bourg un kilomètre plus loin. De temps en temps, un autobus aux roues poussiéreuses y passait lentement. À gauche de la terrasse, une pente douce montait vers l'est.

Nous grimpâmes en haut de la pente; deux étangs apparurent à nos yeux. Liping dit que le grand s'appelait Jade vert, et le petit, Jade blanc. « C'est le vieux cuisinier qui me l'a appris, il vient tous les jours ici chercher de l'eau. »

Dans ce paysage vallonné, une myriade d'étangs s'incrustait ici et là, tels des éclats de jade, au creux des petites collines. Les champs, encore teintés des dernières couleurs dorées d'automne, entouraient doucement quelques villages aux toits gris. Des petits chemins de terre jaune montaient et descendaient, reliaient un village à un autre, se perdaient de temps en temps derrière un sommet mais réapparaissaient toujours, et serpentaient jusqu'à l'horizon. Près de chaque village, il y avait un étang ou un cours d'eau. Des paysannes étaient en train de faire leur lessive ; certaines d'entre elles portaient dans le dos un haut panier de bambou dans lequel un bébé remuait les mains.

Sous le soleil du matin, les deux étangs brillaient devant nous comme une paire de miroirs : l'un était d'un profond vert sapin, l'autre avait la couleur du ciel à l'aube. Mais quand on les regarda de plus près, on s'aperçut que l'eau était plutôt trouble. Nous y trempâmes nos serviettes qui furent aussitôt marquées de traces jaunâtres. En ce début novembre, l'eau était déjà glacée, elle procurait à nos visages une sensation de fraîcheur.

—Eh ! Ho ! Halte là !

La voix nous surprit : nous levâmes la tête. Sur le petit chemin, un homme poussant une brouette avait libéré une main et l'agitait dans notre direction ; son accent affreux était à peine compréhensible.

—Hé ! c'est à vous que je parlais, cria-t-il ; arrêtez votre toilette !

—Comment, on ne peut pas se laver ici ? demanda Liping.

—Non!

—Et pourquoi? Il y en a bien d'autres qui le font là-bas! fit remarquer Liping.

Quelques personnes se lavaient non loin de nous; je reconnus les lycéens que j'avais croisés ce matin. Le sentiment de l'injustice me donna du courage.

—C'est vrai, nous ne sommes pas les seules! Est-ce que cet étang leur appartient?

—Mais ce sont des garçons!

—Quoi?

Nous avions crié toutes les trois.

—Ce sont des mecs!

—Quelle différence ça fait?

—Les filles ne se lavent pas dans un étang: tout le monde le sait!

—Mais pourquoi?

—L'eau est sacrée, on vit avec ça. Quand une femelle y touche, ça porte malheur. Vous ne comprenez donc pas?

—C'est vraiment n'importe quoi! Yanyan trépignait d'indignation; et quel genre de malheur?

—C'est clair: l'eau sera contaminée par l'odeur du yin; elle deviendra impropre et ne sera plus bonne à rien. Les plantes arrosées ne pousseront plus, les vaches ne donneront plus de lait et les bœufs perdront leur force si ces bêtes en boivent…

—Les vaches, les bœufs… dit Liping jetant un coup d'œil aux bêtes qui se trempaient tranquillement les pieds à quelques dizaines de mètres de nous; ils peuvent se baigner dans l'eau, et pas nous?

—Mais bien sûr! Les bêtes de somme sont très précieuses, répondit l'homme. Depuis nos ancêtres, elles labourent la terre et nous nourrissent, tandis que les femmes…

—Quel machisme ! rétorqua Yanyan ; les bêtes sont-elles plus importantes que les femmes ? Regardez, même les canards nagent dans l'eau…

Comme un coup de vent, l'homme posa sa brouette et s'approcha de nous.

—Qu'est-ce tu dis ? qu'est-ce que tu dis ?

Son air furieux et méchant nous fit peur.

—Qu'est-ce que j'ai dit ? répétait Yanyan en reculant.

—Ne les effrayez pas, elles ne sont pas d'ici ; elles viennent d'arriver de Pékin.

Une voix douce retentit derrière nous. L'homme se calma, s'éloigna en crachant fort par terre.

Nous nous retournâmes et découvrîmes une jeune fille. Elle était très mince, portant une veste en tissu bleu indigo dont le boutonnage partait du milieu du col vers le bras droit et se terminait sous la hanche droite – le seul modèle de vêtement féminin que j'avais vu depuis que nous étions ici. Sur son visage fin et un peu pâle, les yeux se dessinaient comme deux minuscules croissants de lune. Ses cheveux remarquablement abondants étaient tressés en deux nattes lisses qui tombaient sur ses épaules.

—Je viens vous chercher pour le petit déjeuner ; la cantine va bientôt fermer.

Sur le chemin, j'étais encore sous le choc et intriguée par la réaction excessive du paysan.

—Pourquoi s'est-il mis en colère quand Yanyan a parlé des canards ? lui demandai-je.

—Chez nous, le mot « canard » est une injure très méchante. Cela signifie… elle montra discrètement de l'index son entrejambes et rougit : ça, chez un homme.

—Alors, on ne peut plus parler du canard ? Je baissai la voix en prononçant ce mot. Et comment l'appelle-t-on donc, ici ?

— On l'appelle « bec plat ».

Elle rit et nous dévisagea les yeux grands ouverts, croissants de lune se transformant en deux noyaux d'amande aux limpides prunelles illuminées.

J'appris en mangeant qu'elle s'appelait Fengwen, « l'écriture du phénix ».

Notre repas du matin consistait en un bouillon de riz assez épais, un peu jauni et sentant le brûlé à cause du bicarbonate qu'on y avait ajouté, sans doute pour accélérer la cuisson et économiser le feu. Yanyan le surnomma « baguettes debout » car les baguettes tenaient toutes seules dans ce brouet collant. Comme accompagnement, il y avait du navet cuit à l'eau avec du sel et un peu d'huile de colza. La moitié des enfants pékinois ne terminèrent pas leur repas ; ils comptaient se rattraper à midi.

À midi, on nous donnait du riz, avec encore du navet, plus un plat de doufu, sorte de caillé de soja coupé en morceaux et sauté. Le menu du soir était strictement identique à celui de midi. Les garçons affamés finirent cette fois leur bol, mais les filles en jetèrent la moitié sous le regard silencieux de nos camarades locaux, et sortirent des biscuits apportés de Pékin.

Ce geste de gaspillage ne se répéta bientôt plus, non que la nourriture s'améliorât, car ce que je venais de décrire fut notre menu quotidien pendant toute la saison jusqu'à la fin de l'hiver, la seule variante consistant en un plat de chou blanc ou de chou noir, cuit invariablement de la même façon, qui remplaçait de temps en temps le navet. Même les filles les plus difficiles s'y étaient mises, contraintes par l'épuisement rapide de la cargaison des biscuits.

Nous avions tous cherché à renouveler nos petites réserves en friandises. Dans l'unique épicerie du bourg, on ne trouvait qu'un biscuit grossier et peu sucré vendu en vrac, une galette dure et sèche et des bonbons fabriqués à base de patate douce qui, si on en avalait un peu trop, donnaient des aigreurs à l'estomac. Nous allions acheter ces friandises en cachette, car on entendait déjà dire à l'école que les petits-bourgeois de Pékin venus se faire rééduquer persistaient dans leur vie bourgeoise.

Un jour, après un de ces dîners de riz et de navet, alors que je lavais mon bol avec de l'eau froide – ce qui n'était pas difficile, car le plat contenait peu de graisse – Yanyan entra avec quelque chose qu'elle tenait entre les mains, et un parfum de pop-corn grillé envahit la pièce. Tout le monde leva la tête.

Elle changea de main pour ne pas se brûler, et mordit à pleines dents avec un craquement qui nous mit l'eau à la bouche. Entre deux craquements, elle marmonna que le cuisinier avait consenti à lui vendre de la croûte de riz.

—Miam, c'est bon, c'est chaud, bien meilleur que les biscuits du magasin !

Nous nous précipitâmes tous à la cantine. Dans la marmite d'un mètre et demi de diamètre chauffée par les troncs d'arbre, le riz était déjà tout vidé ; une croûte dorée et noircie par endroits restait collée au fond arrondi qui remontait vers le bord. Hu, le vieux cuisinier, la faisait décoller avec une énorme pelle. Il cassa les plaques soulevées en petits morceaux et nous les vendit.

La découverte de Yanyan nous rendit heureux pendant toute la semaine ! Mais le bonheur n'a pas duré. Nous nous rendîmes vite compte que ce gâteau trop appétissant nous coûtait cher en tickets de rationnement : un morceau pris après chaque repas faisait doubler la consommation de céréales de la journée. Les garçons qui mangeaient déjà jusqu'à la limite de leur rationnement y renoncèrent les premiers.

À la cantine il n'y avait presque jamais de viande, sauf le dimanche. Le dimanche, lorsque nous n'allions pas voir les parents, nous mangions avec les professeurs qui restaient, alors que tous les élèves de la région rentraient chez eux, au village. Jusque-là, je n'aurais jamais cru qu'un jour où l'on mangeait de la viande puisse être un jour de fête ! Nos estomacs dégraissés désormais avides, un ragoût avalé à toute vitesse ne faisait qu'attiser l'appétit. Cela devait être encore pire pour les garçons : sinon j'aurais parié cher qu'ils n'auraient pas suivi aussi volontiers Yanyan dans sa cueillette des poires champignons ou poires gingembres ou poires pommes de terre ! À vrai dire, malgré la moue que je continuais à esquisser devant sa récolte, je n'étais plus aussi réticente devant ce produit du terroir à l'aspect douteux, et daignais même, après avoir fait semblant de me désintéresser, d'en prendre quelques-unes dans la poche de Yanyan.

II

Avant de quitter Pékin, nous avions assisté à une réunion de présentation de la région. La montagne de Jade était belle et fertile disaient ceux qui en revenaient ; l'eau ne manquait pas, on y mangeait tous les jours du riz, et les filles étaient très jolies.

C'était un peu vrai. J'étais frappée par la beauté des jeunes filles, quand bien même elles avaient la chance de manger du riz tous les jours. Elles avaient des traits assez fins, une silhouette ravissante et un teint de pêche à envier. Un jour que je le disais à Fengwen, le vieux Hu m'avait entendue. « Qu'est-ce que vous croyez, jeunes filles ? Notre montagne de Jade a été célèbre dans le temps ; des eunuques venaient de Pékin pour choisir les dames de cour… Vous savez quoi ? Le secret de la beauté, ici, c'est l'eau ! »

Parmi mes nouvelles copines, Yuling se faisait particulièrement remarquer. Non seulement parce qu'elle était jolie, mais aussi parce qu'elle faisait partie de l'équipe artistique de la propagande de la pensée de Mao. Cette équipe – qui avait remplacé la troupe de l'opéra régional dont elle avait hérité le théâtre, les instruments musicaux, les costumes et les accessoires, était le seul groupe artistique de la commune. Chaque représentation, qui comportait des chants et des danses de variété mélangés aux numéros d'acrobatie et de magie, constituait un véritable événement. Bien sûr, il fallait trouver pour chaque numéro un thème politique, et des costumes adaptés aux circonstances de la révolution. C'était, avec le cinéma, une des rares distractions des paysans.

À vrai dire, il n'existait pas de cinéma à part la projection mensuelle, voire bimensuelle, d'un film sorti depuis au moins un an à Pékin. La projection avait lieu dans le stade de la commune qui servait la plupart du temps aux réunions politiques. Ce jour-là, tout le monde y venait avec un tabouret, ou même deux ou trois, pour occuper des places. Quelques heures avant le début du film, le stade était rempli de monde et de tabourets surmontés de mouchoirs de toutes les couleurs, marques de leurs propriétaires. Découragés par la foule, nous nous félicitâmes de l'idée de Weiguo : il nous fit passer derrière l'écran, monter jusqu'à l'aire de battage et allonger sur la paille. J'ai donc regardé à l'envers tous les films projetés sur ce stade. Bien des années plus tard, lorsque je découvris le « drive in » américain, cette aire de battage me revint à l'esprit, avec son odeur de paille pourrie.

Je soupçonnais Weiguo d'être un habitué de la pratique, car lorsqu'il racontait à nos nouveaux camarades des films de guerre qu'il avait vus à Pékin, il disait toujours : « En un clin d'œil, le guérillero sort son revolver… » avec un geste de la main gauche. Je peux pourtant vous jurer que Weiguo n'était pas gaucher.

Ces séances de cinéma dont raffolaient les jeunes n'avaient pas autant d'emprise sur les paysans, qui préféraient nettement le chant et la danse traditionnels à ces choses modernes. Du temps où les gens de Pékin regrettaient secrètement les films étrangers interdits, comme *Le Rouge et le Noir* ou *Fanfan la Tulipe*, Yuling était plus populaire à la montagne de Jade que Gérard Philipe.

Yuling avait une belle voix. C'était elle qui chantait par exemple Tiemei dans *La lanterne rouge*, un grand répertoire de l'opéra de Pékin révolutionnaire. À Pékin, les chanteuses qui incarnaient ce rôle avaient toutes une fausse natte, qu'elles tordaient et tiraient à deux mains en chantant: « La graine de la haine poussera dans mon cœur… » Mais Yuling, elle, n'avait pas besoin de fausse natte. Ses cheveux d'un noir d'ébène lui tombaient jusqu'aux fesses. En temps ordinaire, elle les tressait en deux grosses nattes attachées au bout avec des élastiques entourés soigneusement de fil de laine. La couleur de la laine changeait tous les jours: rouge, vert, jaune, violet… Elle avait une manière charmante de jeter ses nattes en arrière, les laissant sautiller comme deux points lumineux autour de ses hanches.

Inutile de dire que plus d'une paire d'yeux les suivaient. Monsieur Song, notre professeur de chimie et professeur principal, la fixait souvent des yeux: il lui arrivait même de sourire quand il parlait à Yuling, alors que d'habitude, son visage grêlé était plutôt sévère. Il était tellement peu sympathique que nous l'appelions, sur l'initiative des jumeaux, Song le Grêlé.

Les élastiques entourés de laine colorée étaient un élément capital de la coquetterie des filles. Le chignon et la permanente ne correspondaient pas aux critères de beauté révolutionnaire et étaient donc interdits. Il était hors de question de mettre une robe ou une jupe: par bonheur, ces embourgeoisements citadins n'avaient pas encore atteint la région. Ici, une femme, selon la tradition, ne devait jamais montrer ses jambes. Quant au short, c'était une affaire de mode masculine.

Les filles s'habillaient toujours d'une veste et d'un pantalon. N'existaient que trois couleurs de pantalon : bleu marine, vert militaire ou noir ; ce dernier était de loin la couleur préférée des femmes mariées. La coupe de la veste était unique : boutonnage partant du milieu et finissant en bas à droite avec des boutons en tissu. Les boutons en plastique ou en verre organique étaient du luxe. Seuls le tissu et la couleur de la veste variaient.

Les vêtements les plus courants étaient coupés dans un tissu épais, dur et solide. Chaque famille, me disait Fengwen, filait elle-même le coton et tissait la toile à la main sur un métier en bois ou en bambou ; les tissus étaient ensuite teints, puis on confectionnait les vêtements à la main ou on les donnait à la couturière qui possédait une machine à coudre. Le tout ne coûtait presque rien, sauf les couleurs pour la teinture – et le noir était le moins cher.

Dans le magasin d'État au bourg, on vendait des tissus imprimés et plus fins. Les gens de la montagne de Jade les appelaient « tissus étrangers », bien qu'ils soient purement de production chinoise. Chez les paysans, les vestes et les chemisiers imprimés étaient réservés pour les grandes occasions, mais il n'était pas rare de les voir à l'école, car les lycéennes venaient généralement des familles, plus aisées.

Fengwen était la seule qui n'avait jamais porté de vêtement fleuri. Je l'avais rarement vue mise autrement qu'en veste bleu indigo et pantalon noir. Elle n'avait même jamais eu de fil de laine en couleur dans ses cheveux ; les élastiques qu'elle utilisait provenaient de la récupération des attaches de bottes de légumes.

Je trouvais cela très injuste : à mes yeux, Fengwen était une très jolie fille. De longues jambes, une taille de guêpe, une peau fine et un teint de pêche plus discret à cause de son visage un peu pâle. Ses yeux en noyaux d'amande et sa bouche en cerise exprimaient toujours la douceur.

J'étais frappée par sa capacité à comprendre les choses, car elle n'avait pratiquement jamais quitté son village. Le plus grand voyage qu'elle ait jamais entrepris était de venir au lycée ; les autres filles, elles, avaient au moins été une fois à Luoshan, chef-lieu du district. Fengwen n'était jamais montée dans un bus, n'avait jamais vu un train sauf dans un film, sans parler d'un avion…

Alors que nous passions notre premier jour dans notre nouvelle classe, Song donna le résultat des examens intermédiaires du semestre.

— Vous devez prendre exemple sur Fengwen, dit-il ; elle a même obtenu la note maximale en chimie !

Sur l'instant, je n'avais pas bien saisi le sens du mot « même », dont la vraie signification ne tarderait pas à se révéler.

J'eus beau chercher dans le tableau d'horaires, je ne trouvai nulle part trace du cours de chimie. Fengwen m'informa que ce cours avait changé de nom : il se dénommait maintenant « connaissances de base en agriculture ». Je feuilletai le manuel ; la plupart des exercices consistaient à trouver, en effet, la bonne proportion des éléments d'un insecticide, ou les composants d'un engrais chimique…

Mes réponses aux questions étaient toujours bonnes et mes calculs justes, mais Song m'avertit que je ne pourrais avoir la note maximale qu'à condition que mon exercice pratique soit également satisfaisant. En disant cela, son regard avait pris un air malicieux.

Le lendemain, Song nous amena dans un champ de coton. Pour habituer les élèves aux travaux manuels et compléter son budget de fonctionnement, l'école avait obtenu un peu de terre que les élèves et les professeurs cultivaient ensemble. En cette saison, le champ était attaqué par les vers rouges de la capsule de cotonnier. Notre tâche était de fabriquer un mélange d'insecticide, puis de le pulvériser sur les plantes.

Sous le soleil d'automne, le champ de coton baignait dans une lumière dorée. Les derniers cotons sur les tiges pourpres écloraient comme des fleurs blanches sur un fond de ciel bleu… Hélas, mon envie de respirer la nature fut coupée court ! Je fus prise d'une crise d'éternuement et, malgré ma chemise en toile épaisse boutonnée aux manches, des démangeaisons rougirent mes poignets.

Le soir Yanyan vomit et un des jumeaux eut de la fièvre. Nous nous félicitions que les plus jeunes n'aient pas encore à subir ces épreuves.

De tous les élèves pékinois, seul Weiguo avait obtenu une bonne note en chimie. C'était le seul qui n'avait mis ni cache-nez ni gants. Cette expérience avait démontré, selon Song, le retard que nous devrions rattraper sur nos camarades paysans.

Juste avant les vacances, l'inauguration de la briqueterie fut un événement. Monsieur Chen, le secrétaire général du parti, alias directeur de l'école, fit un discours. Il déclara avec fierté que notre école ne demanderait pas un sou à l'État ni à la collectivité locale pour son agrandissement. « Nous allons construire les nouvelles salles de classe avec nos propres mains ! »

Nos premières vacances arrivèrent enfin. Elles n'étaient pas données pour nous reposer, mais aménagées en fonction des activités agricoles. Nous les passâmes à côté du four à briques. Durant toute la semaine, on allait chercher de la terre argileuse, on la pétrissait, on la coulait dans des moules de bambou rectangulaires et on la faisait sécher, le tout sous les instructions d'un ouvrier. Les cours reprirent juste après leur enfournage.

Le professeur de maths venait de partir pour le chef-lieu et son successeur tardait à venir ; les volontaires pour venir s'enterrer dans ce bourg inconnu étaient rares ! En attendant, Song le remplaçait. Il écrivit au tableau l'énoncé du problème à résoudre : « Dans l'objectif de former les jeunes pour la cause révolutionnaire, le lycée Drapeau rouge a fondé une briqueterie. La classe A se charge de transporter 6 000 briques du four au lycée : combien de briques devront transporter chacun des trente élèves ? »

Élémentaire. J'eus le pressentiment de ce que nous réserverait la suite du cours.

Devant la porte de la salle de classe, des instruments étaient préparés : une palanche et deux paniers de bambou pour transporter les briques. À l'exemple de nos camarades, nous accrochâmes les paniers aux deux bouts du balancier que nous posâmes sur une épaule.

La briqueterie se trouvait à deux kilomètres et demi de l'école. Durant le trajet, nous ajustâmes la pose du balancier sur nos épaules pour trouver le bon équilibre.

Malgré notre demande de recevoir la même charge que les autres, l'ouvrier ne voulut rien entendre et ne mit que huit briques dans chaque panier. « Ça vaut mieux, dit-il ; vous ferez quelques voyages de plus. »

Le petit chemin sinueux entre les champs et les étangs ne permettant qu'un seul passage à la fois, nous y formions une longue file qui montait et descendait. La palanche tremblotait sur nos épaules au rythme des pas réglés par le chant qui se répandait entre les collines. Nous chantions avec nos camarades, imitant leur accent en rigolant.

Mais la charge devint bientôt terriblement lourde. Nous avions beau changer de plus en plus souvent de côté, les épaules, les bras, les jambes nous faisaient affreusement mal. Nous ralentîmes au point que la file s'interrompit. La tête de celle-ci avait disparu de notre vue, et nous n'avions pas encore parcouru la moitié du chemin. Pendant les voyages suivants, les pauses devinrent de plus en plus fréquentes, nous ne chantions plus, notre peau brûlait et commençait à saigner.

À la tombée de la nuit, nous croisâmes de moins en moins de camarades, puis plus aucun. Seules sur le bord du champ, écroulées à côté de nos charges qui s'étaient réduites à cinq briques par panier, nous regardions désespérément le beau ciel rose.

Liping se mordait les lèvres, Yanyan avait les larmes aux yeux…

En haut de la colline, où le reflet violet du jour virait au noir, trois vagues silhouettes apparurent. C'était Weiguo qui venait vers nous, suivi des frères jumeaux : les trois poussaient chacun une brouette.

—Nous sommes allés voir les soldats au bourg, et ils nous les ont prêtées, expliqua Weiguo.

—« L'armée et le peuple sont de la même famille, comme le poisson et l'eau. »

Les jumeaux, fredonnant les airs célèbres d'un opéra de Pékin, commencèrent à charger les briques dans les chariots.

Yanyan essuya ses larmes: dans son élan elle eut envie d'embrasser les jumeaux, mais elle se retint. Un tel geste d'intimité était trop inhabituel entre fille et garçon, et pouvait être mal interprété si quelqu'un l'apercevait.

Nous fûmes cités dans le discours du directeur lors du bilan de cette expérience. Il rappela combien la rééducation de la classe privilégiée était nécessaire. Weiguo n'était pas épargné, bien qu'il eût transporté avec ses propres épaules son «cube», deux cents briques rangées en dix étages. Pendant le discours, il baissa la tête puis la releva, d'un air grave. Après la réunion, il remit au directeur une «lettre de détermination» où il exprimait sa volonté de «se remodeler, renouveler sa chair et ses os».

Je ne doutais pas de sa sincérité, même si ces expressions, couramment employées mais rarement réfléchies, me rendaient toujours perplexe.

Dans notre collège à Pékin, Weiguo avait été chef de classe. Son père, ancien soldat de l'Armée rouge, avait suivi Mao dans la Longue Marche. Fils de paysan d'une région très pauvre libérée par les communistes, le général racontait souvent à son fils l'histoire de sa famille et lui recommandait d'être digne d'un successeur de la cause prolétarienne.

Pour montrer sa détermination à se remodeler, Weiguo se proposa de quitter le petit dortoir des Pékinois et d'aller habiter avec les garçons de la campagne. Chen l'encouragea aussitôt. Il décida ensuite que nous tous, filles et garçons venus de Pékin, devrions faire pareil. Erniu pleura. Elle s'inquiétait sans doute pour sa grande sœur mongolienne. Comment allait-elle protéger Daniu dans un «grand dortoir»?

Liping me demanda de l'accompagner pour aller voir le directeur dans son bureau.

Je m'attendais à un refus catégorique, mais après quelques secondes de réflexion, Chen accepta généreusement notre demande.

— Bien, dit-il, elles resteront au petit foyer.

À notre grande surprise, il ajouta que cinq autres enfants, les plus jeunes d'entre nous, seraient eux aussi maintenus dans le petit foyer. Il les mettrait tous dans la pièce où nous vivions en ce moment, après l'installation d'un mur en bois qui séparerait les filles des garçons.

— L'hiver arrive, conclut-il d'un air pensif ; les grands foyers ne sont pas chauffés.

Cette unique école secondaire de la commune regroupait le collège et le lycée ; elle occupait les locaux d'une ancienne résidence d'un riche propriétaire foncier. Les biens de ce dernier ayant été confisqués par les communistes, il travaillait sous la surveillance des paysans dans un village. Ses maisons devenues propriété de la commune populaire avaient servi à accueillir l'école, qui ne cessait de s'agrandir.

Ce qu'on appelait « grands foyers » étaient des dortoirs collectifs qui logeaient chacun une vingtaine d'élèves. À notre arrivée de Pékin, deux petits foyers étaient préparés à notre intention, avec l'électricité, les fenêtres vitrées et un poêle à charbon dans chaque pièce. Je me rendis compte de leur luxe seulement quand nous emménageâmes dans un grand foyer.

Celui-ci était de la même longueur, mais deux fois plus large. En face des planches de la grande litière sur laquelle nous dormions, il y en avait une autre identique. Entre les deux, au milieu de la pièce, une rangée de tables étroites permettait de poser les bols et les livres. Les cuvettes étaient rangées sous chaque couchage. Nous accrochions notre sac au-dessus de notre couverture, sur un clou à demi enfoncé dans le mur de chaux.

Il n'y avait pas d'électricité ; le soir, il fallait se rendre dans la salle de classe pour étudier ou lire à la lumière d'une lampe à l'huile de graine de coton, dont la fumée dégageait une odeur d'écorce brûlée et piquait les yeux.

La fenêtre consistait en un cadre de bois avec des croisillons, mais sans vitre. En hiver, les croisillons étaient doublés d'une couche de vieux journaux ; on nous donnait également de la paille pour la glisser entre la planche de bois et le drap.

Nos camarades de campagne n'ayant pas de matelas, nos trois couchages dépassaient de quelques centimètres, signalant ostensiblement notre écart par rapport au peuple travailleur. Nous étions d'autant plus embarrassées que Chen vint inspecter le logis. Son regard se posa un moment sur les trois matelas, mais il ne dit rien. En sortant, il appela l'intendant de l'école pour qu'il ajoute une lampe à huile.

La nuit le vent sifflait, le froid entrait par les trous du papier de la fenêtre et par le bas de la porte. Derrière le papier journal jauni, les branches nues des bouleaux exécutaient une danse diabolique au clair de la lune.

Au petit matin, un cri strident m'arracha du sommeil. Toute la chambrée fut réveillée. Yanyan, debout par terre, souleva avec horreur un de ses chaussons.

Une trace humide brillait sur le velours noir. Yanyan était affolée.

—Qu'est-ce que c'est ? Qu'est-ce que c'est ?

— Ce n'est rien – Yuling poussa un petit rire – une trace de coulée du nez.

— Qui a laissé couler son nez sur mon chausson ?

— La coulée du nez, c'est une limace, précisa doucement Fengwen ; ce n'est pas méchant.

À peine avait-elle fini de parler qu'on entendit un cri encore plus terrifiant. Liping n'arrivait même plus à parler, mais montrait seulement le plafond. Je regardai en l'air et eus le souffle coupé : un serpent vert se roulait dans un coin !

Yanyan hurla de nouveau.

Le serpent était sans doute là pour nous faire la plaisanterie rituelle du premier jour. Nous n'en avons plus jamais revu, dieu merci ! Car même si nous apprîmes par la suite que ces bêtes vertes n'étaient pas du tout venimeuses, contrairement aux mauves ou aux grises, nous avions toujours le frisson rien que d'y penser !

Les filles de notre chambre ne mangeaient jamais à la cantine. Elles allaient y chercher le riz et revenaient à la chambre. Je remarquai qu'elles achetaient seulement du riz ou du bouillon mais ne prenaient pas de plat. Comment faisaient-elles pour avaler le riz sans rien ? Intriguée, je les suivis à la chambre.

Sur les tables étroites, chacune avait un bocal devant son bol : elles en sortaient du légume macéré, du soja ou du haricot salé, du chou acide et pimenté... un parfum de condiment appétissant !

Depuis quelque temps, la qualité des plats du vieux Hu se dégradait encore ; le navet était noirâtre et sentait la racine pourrie. À nos protestations, il répondit que l'huile de colza était épuisée et qu'il avait dû la remplacer par de l'huile de graine de coton.

Fengwen poussa son bocal vers moi.

—Tiens, goûte ça!

Je découvris un mélange de légumes salés, sautés dans l'huile de sésame avec du piment et de la sauce de soja. Il y avait longtemps que je n'avais plus osé rêver d'une telle saveur! Je mis mon navet au milieu et l'invitai à le partager; nous finîmes les deux plats.

Le jour suivant, nous sommes toutes rentrées manger à la chambre et échangeâmes nos plats avec nos camarades. À mon grand étonnement, Fengwen ne s'approcha pas; elle mangeait silencieusement dans un coin et sortit rapidement lorsque nous nous installâmes.

—Elle ne veut pas qu'on la voie manger, me dit Yuling, remarquant mon étonnement.

—Pourquoi?

—Elle ne mange que du riz blanc.

—Mais pourquoi?

—Tu n'as donc rien compris?

Yuling jeta sur moi un œil de reproche.

—Vous avez fini son bocal hier, non? C'était son plat pour la semaine!

Elle m'apprit alors des choses que je ne savais pas.

Les paysans n'étant pas salariés, ils ne disposaient que de très peu d'argent liquide, obtenu par la vente de volailles, d'œufs, ou de fruits et légumes qu'ils cultivaient sur leur petit lopin de terre privée, attribué en proportion du nombre des membres de la famille. Certaines familles n'avaient parfois pas d'argent du tout; ils se nourrissaient essentiellement des céréales que la commune leur distribuait après chaque récolte.

—Nous as-tu déjà vues acheter le riz ou le plat avec de l'argent? me demanda Yuling. Nous apportons chaque lundi un sac de grains de riz que nous remettons à la cantine. Le vieux Hu les pèse et nous donne en échange des tickets de repas qui correspondent au poids de notre apport, ce qui nous permet d'avoir du riz cuit à chaque repas. Comme nous n'avons pas d'argent pour le plat, il faut le préparer à la maison chaque dimanche pour toute la semaine, et le mettre dans un bocal bien serré.

C'était donc pour ça que leurs plats étaient si épicés, et qu'elles en prenaient juste deux petites cuillères à chaque repas !

Je m'en voulus d'être aussi inattentive et d'avoir privé Fengwen. Durant le reste de la semaine, j'achetai deux plats à chaque repas, mais j'eus un mal fou à les faire partager par Fengwen.

—Quel gâchis ! dit-elle, consentant enfin à mettre ses baguettes dans les plats. Avec cet argent, il y aurait eu de quoi faire une petite chemise fleurie !

III

Les premières neiges étaient tombées avant l'arrivée du Nouvel An. Elles ne tinrent pas. Dans cette région située au sud du fleuve Jaune, la terre gelait rarement avant fin janvier.

Un samedi, après les cours du matin, nous pataugions dans l'allée boueuse lorsque le directeur Chen nous interpella.

— L'école des cadres de vos parents m'a téléphoné, dit-il, un camion passera ici cet après-midi ; vous pouvez rentrer voir vos parents.

Un cri de joie éclata et tout le monde se mit à courir, faisant gicler la boue.

En principe, nous avions la possibilité d'aller voir nos parents tous les dimanches. Il y avait deux bus par jour, à huit heures du matin et à deux heures de l'après-midi. Seulement, les cours de samedi finissaient à seize heures, et il était hors de question de les sécher. Si l'on prenait le bus de dimanche matin, on n'arrivait que tard dans la matinée : le bus s'arrêtait sur la grande route et il fallait faire le reste à pied. Nous ne restions que quelques heures à la maison avant de repartir attraper le bus sur la grande route. Shulai et Shumei avaient tenté une fois de revenir à l'école lundi matin : Chen s'était mis dans une telle fureur que personne d'autre n'avait osé recommencer.

Heureusement, les camions de l'école des cadres passaient de temps en temps pour aller chercher à Huangchuan, un gros bourg à cinquante kilomètres, du matériel nécessaire à la construction. Nous priions tous les jours que cela arrive le samedi. Lorsque les camions revenaient de Huangchuan en fin d'après-midi et s'arrêtaient devant le lycée, c'était la fête pour tous. Assis sur le sable ou les briques que le camion transportait, nous passions des moments de bonheur à l'idée d'être à la maison le soir…

Nous nous précipitions vers le dortoir pour nous préparer quand Chen appela de nouveau :

— Attendez, vous ! Il désignait Yanyan et les deux jumeaux : vous trois, vous ne rentrerez pas ce soir.

Les trois enfants arrêtèrent leur course et le regardèrent.

— Venez dans mon bureau.

Lançant ces mots d'un ton sévère, Chen se retourna, et les mains croisées derrière le dos, se dirigea vers son bureau.

Nous ne revîmes Yanyan qu'après les cours de l'après-midi.

Allongée sur son matelas, les yeux rougis fixant le plafond, elle ne dit pas un mot et secouait la tête à toutes nos questions. Inquiètes, Liping et moi allâmes trouver les jumeaux. Ils n'étaient pas dans leur chambre.

Devant la porte de l'école, nous aperçûmes Weiguo.

— Ils sont là-bas, montra-t-il lorsque nous nous approchâmes.

Nous regardâmes dans la direction qu'il indiquait, vers les collines à gauche de l'école.

En haut de la pente, les jumeaux étaient assis côte à côte, immobiles, tournant le dos au lycée. Ils contemplaient les deux étangs où ils venaient tous les matins faire leur toilette, après une course à pied.

Weiguo nous raconta ce qui s'était passé. Chen venait d'apprendre à nos trois amis ce qui était arrivé à leurs parents. La campagne de la Révolution culturelle s'intensifiait, et il y avait eu une nouvelle vague de dazibao. Ces affiches murales, arme puissante du mouvement de masse, avaient révélé d'autres ennemis cachés au sein du peuple – la mère de Yanyan et les parents des jumeaux en faisaient partie. Les parents des jumeaux, l'un directeur de la recherche au ministère de l'Industrie mécanique et l'autre responsable du personnel, étaient accusés d'être partisans de la ligne révisionniste. Quant à la mère de Yanyan, elle était, selon la révélation des dazibaos, une espionne à la solde de Hong-Kong, ou peut-être même de la Grande-Bretagne.

—Ce n'est pas possible !

Liping mit sa main sur ma bouche pour m'empêcher de crier, mais je vis qu'elle était aussi choquée que moi.

—Nous savons tous qu'elle a séjourné à Hong-Kong avant de rentrer au continent, continuait Weiguo ; ses parents y vivent toujours.

—Mais, est-ce vraiment une preuve…

Weiguo hocha la tête d'un air grave.

—Voyez, les ennemis dorment parfois à côté de nous, et nous ne nous en rendons pas compte ! Cela prouve que nous ne sommes pas assez vigilants. Nous connaissons pourtant par cœur cet enseignement du président Mao : « Le serpent se déguise parfois en belle femme pour désarmer notre vigilance. »

—Pauvre Yanyan, dis-je à voix basse, comment va-t-elle faire maintenant ?

— C'est clair, rétorqua Weiguo; il faut qu'elle choisisse le camp du peuple révolutionnaire. Elle doit comprendre qu'il s'agit de la lutte des classes; on ne doit pas se laisser attendrir par ses sentiments personnels.

Dans le camion qui nous ramenait à la maison, on n'entendait pas les chants ni les rires habituels. Personne ne parlait; même Daniu, qui d'ordinaire faisait rire tout le monde, se taisait. Je n'arrêtais pas de penser à Yanyan.

C'était la première fois que je l'avais vue aussi triste. Elle était toujours si gaie, si joyeuse, malgré les débours que nous avions subis depuis notre arrivée. Le sort et les conditions difficiles ne semblaient pas faire peser la moindre ombre sur sa bonne humeur. Il nous arrivait, à Liping et à moi, de regretter notre vie à Pékin et d'être pessimistes sur notre avenir dans cette campagne; Yanyan, elle, ne se plaignait jamais.

Elle était fille unique. Sa mère était une très belle femme. À quarante ans, elle avait l'air encore si jeune qu'on l'aurait prise pour une sœur aînée de Yanyan. Malgré son apparence de danseuse de ballet, elle était médecin. Elle avait vécu son enfance et son adolescence en Indonésie et était rentrée en Chine à l'âge de dix-huit ans pour entrer à l'université de Canton, sa ville natale. Appartenant à une famille de riches industriels, les grands-parents de Yanyan redoutaient la répression du pouvoir communiste et avaient préféré s'installer à Hong-Kong. La mère de Yanyan, elle, avait choisi de rester à Canton contre le gré de ses propres parents. D'abord reçue au conservatoire, elle était entrée deux ans plus tard à l'Institut de médecine. Elle aurait pu devenir une excellente pianiste mais avait abandonné la musique, car elle trouvait que la musique était un luxe inutile pour les paysans qui avaient besoin avant tout des meilleurs soins médicaux.

Yanyan avait les mêmes doigts que sa mère, longs et fins. Je l'avais vue jouer du piano à Pékin. Les œuvres de Chopin, de Mozart et de Schubert coulaient comme une source mélodieuse entre ses mains, c'était beau et magique. Tous les gens qui étaient là à l'écouter restaient bouche bée, mais Yanyan s'arrêta tout d'un coup, fermant son piano d'un air découragé. « C'est trop nul. » Nous avons eu beau lui jurer que nous avions été enchantés, elle avait continué à secouer la tête :

— C'est zéro, comparé à maman !

Je n'avais jamais eu l'occasion d'écouter les performances de sa mère, mais j'étais persuadée que Yanyan n'était pas dépourvue de talent, sinon notre prof de musique ne l'aurait pas fait entrer à l'Orchestre philharmonique du palais de la Jeunesse de Pékin. Ses parents lui avaient trouvé un professeur qui venait lui donner des leçons deux fois par semaine. Un professeur privé, pianiste connu de plus ! Il n'y en avait pas beaucoup qui auraient pu le payer.

J'eus le cœur serré en pensant à ce que disait Weiguo : Yanyan devra choisir son camp : ses parents ou le peuple révolutionnaire.

La fin de l'année est passée presque inaperçue. Dans cette région de campagne, on ne fêtait que le Nouvel An chinois.

Le jour de l'an, les paysans travaillaient comme d'habitude. Le lycée accordait un jour de congé, mais personne ne rentrait à la maison. Le directeur Chen rassembla tout le monde dans la cour et fit un discours, souhaitant que la nouvelle année donne un nouveau départ à nous tous dans la Longue Marche de la révolution.

Il avait donné l'ordre de tuer un des cochons que l'école élevait dans l'arrière-cour de la cantine. À midi, on servit un ragoût vendu au prix du navet. Nous nous étions cotisées, Liping, Yanyan et moi, pour l'offrir à toutes les filles du dortoir. Le vieux Hu nous prêta un grand plat creux en bois, dans lequel il ajouta généreusement une louche de viande bien pleine.

La fête du Printemps, le Nouvel An traditionnel du calendrier agricole, était la seule période de repos à la montagne de Jade. La fête durait quinze jours : tout le monde rentrait voir la famille, la cantine fermait. Yanyan et les deux jumeaux furent autorisés, eux aussi, à rentrer à la maison.

L'enceinte de l'école paraissait tout d'un coup plus vaste. Il ne restait plus que Song, célibataire et orphelin depuis l'enfance, Chen, qui assurait pendant les vacances le rôle du gardien, et un couple d'enseignants avec leur petite fille qui venaient d'arriver.

J'avais déjà remarqué cet homme taciturne, au visage sombre : on nous avait dit qu'il était notre nouveau professeur de maths.

C'étaient les premières vacances que nous passions à la maison, c'est-à-dire avec les parents.

En réalité, pour la plupart d'entre nous, la maison au sens exact du terme n'existait pas encore. Les premiers logements venaient à peine de s'achever. Quatre rangées de maisons en briques rouges, composées de pièces identiques d'une vingtaine de mètres carrés, s'alignaient sur un terrain en hauteur entre le champ et le centre de l'ancienne ferme. C'était plutôt joli. La porte de chaque pièce donnait directement sur un petit passage de briques blanc qui la reliait à une allée, de briques blanches elle aussi, parallèle à la maison. Le passage devant chaque porte formait une sorte de T au sol, et en rejoignait d'autres dans l'allée. Un bout de l'allée se terminait dans un champ de luzerne où les gens se promenaient parfois après le dîner ; l'autre côté descendait à une bifurcation de chemins qui menaient à la cantine, à la boutique, aux toilettes publiques et aux douches collectives.

Les familles qui s'y installèrent vivaient à l'étroit, mais elles nous faisaient terriblement envie, non seulement parce qu'ils habitaient ensemble en famille, mais aussi parce qu'ils mijotaient, sur un petit réchaud rudimentaire, des tas de petits plats à faire baver d'envie. L'huile et la viande étaient toujours rationnées ; en revanche, on pouvait acheter chez les paysans des œufs très frais ; les poissons et les crevettes d'eau douce étaient exquis, et leurs prix, dérisoires.

Liping qui habitait avec ses parents nous invitait souvent chez elle. Sa maman, cordon-bleu, nous régalait de petits pains à la vapeur farcis au chou et aux ciboulettes sauvages, de soupe de nouilles aux crevettes et de ravioli grillés dans la graisse animale obtenue à partir du lard de cochon. Elle avait trouvé ce moyen pour compléter le manque de matière grasse et tout le monde l'imitait, se servant de cette graisse à la place de l'huile pour cuisiner les plats.

Nous n'avions pas la chance d'avoir une chambre à nous. Les parents de Yanyan et des jumeaux étaient toujours mis en examen. Ma mère vivait pour l'instant séparée de mon père, qui effectuait sa rééducation dans une autre province. Le père de Weiguo se trouvait dans la même situation. Nous continuions donc à habiter dans les grands dortoirs, où chacun disposait d'une place dans un des dizaines de lits superposés.

Je dormais au-dessus du lit de ma mère, côte à côte avec ma sœur qui avait échangé sa place avec une dame de cinquante ans. Celle-ci aurait eu du mal à grimper tous les soirs dans son lit situé en haut, alors que ma sœur l'escaladait comme un singe.

Contrairement à moi, ma sœur trouvait beaucoup de plaisir à vivre dans cette « grande famille », et se fichait pas mal de ce que nous n'avions pas droit au logement individuel. Elle me racontait tout ce qui se passait dans la « maison ». La dame en dessous grinçait des dents quand elle dormait, celle de l'autre côté parlait dans son rêve et criait souvent dans la nuit : « Je t'aime, je t'aime ! » Tout le monde en riait le lendemain. Mais la plus ridicule de la chambre, c'était la jeune fille qui se trouvait au bout : elle faisait pipi au lit et pleurait le matin en se réveillant. À son âge ! Tu te rends compte…

Durant ces vacances, je n'ai pas beaucoup vu ma mère. Elle avait été envoyée après la fête dans un village pour y assister à un travail d'éducation politique, mais aussi pour mieux connaître la vie des paysans. La direction de l'école des cadres estimait que c'était un bon moyen d'apporter sa contribution à la région et une occasion pour les cadres de s'approcher du peuple travailleur.

Ma mère était logée dans une famille paysanne. Un jour, j'allai la voir avec ma sœur.

Il faisait beau et froid. Sur le chemin, ma sœur se plaignit que la fête du Nouvel An était passée trop vite et qu'elle n'avait rien reçu. Les autres années, lorsqu'on passait la fête avec nos oncles, nos tantes et nos cousins, on recevait de jolis cadeaux et il y avait beaucoup de bonnes choses à manger.

— Cette année, je n'ai eu aucun nouveau vêtement, ni le paquet rouge des grands-parents ! marmonnait ma sœur.

Le paquet rouge, ce sont les étrennes que les grandes personnes donnent aux enfants à l'occasion du Nouvel An, selon la tradition. Chez nous, nos parents n'avaient jamais voulu honorer cette pratique ; c'était d'après eux une vieillerie contraire au principe de l'éducation communiste. Mais nos grands-parents ne les écoutaient pas et continuaient à nous l'envoyer.

— Sais-tu si papi et mamie me l'enverront, ou s'ils me le garderont pour l'année prochaine ?

Décidément, ma petite sœur ne voulait pas oublier son paquet rouge.

— Tu sais bien que cette pratique est maintenant critiquée et qu'elle doit être interdite.

Je faisais mine de m'en désintéresser alors qu'au fond, je le regrettais tout autant !

J'avais eu un petit projet avant les vacances, c'était d'offrir à Fengwen un chemisier fleuri. Je ne lui avais rien dit, espérant recevoir des étrennes au Nouvel An et pouvoir lui faire la surprise. Maintenant, il fallait que je demande de l'argent à maman…

Ma sœur ne disait plus rien, elle marchait en silence, donnant de temps en temps un coup de pied dans un amas de neige. Je remarquai que ses chaussons ouatés étaient un peu décousus : du coton apparaissait entre la semelle et le dessus matelassé.

En quelques mois, elle avait grandi. Ma vieille veste et mon chandail qu'elle portait étaient déjà trop étroits, le pantalon que maman lui avait acheté l'année dernière était trop court de quelques centimètres.

Le village était calme ; les paysans qui n'avaient pas encore repris les travaux des champs étaient regroupés pour les études politiques.

À la maison où logeait ma mère, une fille nous accueillit dans la cour.

— Ils sont tous à la réunion, dit-elle avec un sourire ; ils vont bientôt rentrer.

Elle devait avoir mon âge. Une veste chichement matelassée enveloppait son corps mince, un pantalon visiblement trop large et trop long était retroussé en bas et plié à la taille, attaché avec un cordon de tissu rouge.

— Je m'appelle Sanmao.

C'était un prénom courant dans la région, qui signifiait « Troisième fillette ».

Sanmao nous fit rentrer. La maison n'était pas chauffée, il y faisait très sombre et il nous fallut un bon moment pour y voir plus clair. Sur une litière semblable à celle que nous occupions au dortoir de l'école, mais d'une longueur de seulement quatre ou cinq mètres, des couvertures de couleurs indistinctes s'étalaient sur de la paille ; il n'y avait pas de matelas, ni même de drap.

— Simao, lève-toi et range un peu, je vais faire chauffer de l'eau.

Une petite fille toute menue émergea d'une couverture. Simao, « Quatrième fillette », sourit timidement et plia toutes les couvertures sauf une, qu'elle garda sur ses cuisses.

Sa sœur réapparut avec une théière et trois tasses en terre cuite ; l'une d'elles était ébréchée.

— Nous n'avons pas de thé, s'excusa-t-elle, seulement de l'eau chaude. Tu en veux aussi ?

Sa sœur, à qui elle posait la question, secoua la tête.

—Non, répondit-elle d'une voix à peine audible. Peux-tu m'apporter mon pantalon? Il doit être sec maintenant.

Sanmao sortit, et revint grelottante dans sa veste mince.

—Il n'est pas encore sec, annonça-t-elle; je suis allée prendre un peu de bois, il faut faire du feu. Maman va encore nous gronder!

Tout en faisant du feu, Sanmao nous expliqua que sa sœur avait mouillé son pantalon dans la neige, et avait dû se glisser sous la couverture en attendant qu'il sèche.

—Mais elle n'a pas de pantalon de rechange? demanda ma sœur.

—Vous plaisantez? Sanmao jeta un regard de reproche. Simao a déjà bien de la chance d'en avoir un. D'habitude, seulement ceux qui vont travailler au champ portent un pantalon ouaté. Moi, par exemple, je n'en ai pas. Mon frère m'a prêté le sien aujourd'hui parce qu'il va à la réunion, et qu'il dit que la salle de réunion est chauffée...

Ma mère rentra, suivie des parents des jeunes filles et de deux jeunes gens. Sanmao nous présenta son frère et sa grande sœur. Tous les deux portaient une veste bleue et un pantalon noir. Je remarquai que le pantalon de son frère n'était pas ouaté, en effet.

La mère de Sanmao nous invita à manger avec eux. Elle gronda sa fille de ne pas sortir assez de riz et de mettre trop d'eau dans la marmite. Sanmao rétorqua qu'elle préparait un bouillon, comme tous les jours où personne ne travaillait au champ.

—Pas de bouillon aujourd'hui, dit la paysanne; on va manger du riz consistant. Ce n'est pas tous les jours que les filles de madame Zhu viennent la voir!

Ma mère persuada Sanmao de ranger le riz et nous envoya acheter des nouilles dans la boutique du village.

Les nouilles plongées dans l'eau bouillante firent monter une vapeur blanche de la grande marmite et apportèrent à la pièce un peu de chaleur. Nous trouvâmes délicieux ce légume noir cuit avec les nouilles. Notre compliment fit rire toute la famille.

— C'est une herbe sauvage, nous dit le père ; nous en avons ramassé en automne et l'avons fait sécher. On en mange souvent en cette période de l'année, pour ne pas épuiser les céréales avant l'été prochain. La récolte de l'année dernière était mauvaise.

Cela faisait longtemps qu'ils n'avaient pas mangé de farine de blé : leur dernier plat de nouilles remontait à la récolte de juin. Au Nouvel An, ils n'avaient même pas mangé de la viande de porc ; le cochon qu'ils avaient élevé avait été vendu pour rembourser les dettes. Le grand-père de Sanmao venait en effet de mourir après une longue maladie qui avait coûté très cher à la famille.

— Mais on a mangé du chien, dit Simao, une grosse cuisse que l'oncle nous a donnée !

Après le repas, nous nous retrouvâmes seules avec maman dans sa chambre. Maman sortit un morceau de tissu roulé dans un papier jaune. C'était une toile croisée de la couleur vert militaire que j'adorais ! Je le pris de la main de maman avec impatience, mais ma joie s'envola lorsque je l'entendis dire :

— Ta sœur a besoin d'un nouveau pantalon ; tu donneras ce coupon à madame Meng, qui est d'accord pour le faire. N'oublie pas de lui dire de reprendre les mesures.

Remarquant ma déception, elle ajouta :

— Je sais que tes vêtements sont vieux aussi, mais ils te vont encore. Tu as vu aujourd'hui comment s'habillent Sanmao et toute sa famille. Nous devons apprendre à vivre comme les paysans ; ce séjour à la campagne m'a appris beaucoup de choses.

Elle nous dit alors qu'elle avait l'intention de leur acheter de nouvelles couvertures. Les trois filles dormaient sur le grand lit avec deux couvertures très vieilles, ce n'était pas assez chaud, et il leur faudrait aussi des draps et des matelas.

— Les filles devraient avoir des serviettes pour leurs règles. Je ne les laisserai plus utiliser ces papiers impropres ou ces feuilles d'épi de maïs…

Je l'écoutais en silence, abandonnant l'idée de lui parler de mon projet. En rentrant, ma sœur me dit que Sanmao était très jolie : c'était dommage qu'elle n'aille pas à l'école ! Je lui répondis qu'elle ressemblait beaucoup à une fille que je connaissais. En disant cela, son image se confondait dans ma tête avec celle de Fengwen.

Il était vrai que Fengwen allait à l'école. Mon cœur serré ressentit un léger soulagement.

IV

Le printemps arriva vite après les vacances. Les champs étaient encore couverts de neige mais, par-ci par-là, la terre noire réapparaissait. Sur les branches d'arbres, les fleurs de neige faisaient discrètement place aux bourgeons.

Après la première pluie, la campagne se transforma. Les collines verdirent à une vitesse vertigineuse. Les terrasses vallonnées composaient un grand puzzle dont chaque pièce colorée offrait un contraste vif. Le champ de blé dominait avec son satin vert tendre, le tapis violet de luzerne ondulait au vent, les fleurs dorées de colza faisaient danser les papillons sur un océan lumineux…

Les rives des étangs se noyaient dans une multitude de vagues de fleurs de pêcher et d'abricotier, les saules pleureurs jetaient capricieusement dans l'air leurs fines branches. La glace fondait, les canards et les oies battaient joyeusement des ailes dans l'eau limpide.

C'était la plus belle saison, l'air du printemps se dessinait sur tous les visages. Dans la rue, dans les champs, les habits légers et colorés remplaçaient les sombres tuniques qui engonçaient.

La commune populaire préparait de nouveaux spectacles; on nous avait fait entrer dans l'équipe artistique de la propagande de la pensée de Mao.

Souvent, au petit matin, nous allions chanter sur la colline ou faire quelques étirements devant l'étang. Le soir, toute l'équipe se réunissait dans la grande salle pour la répétition.

Monsieur Song venait souvent en spectateur. Je doutais qu'il ait une quelconque connaissance en matière d'art, mais il aimait regarder les filles danser. À ces moments-là, il n'était plus aussi sévère ; ses petits yeux rieurs se baladaient de gauche à droite, et son nez rougissait au centre de son visage grêlé.

La répétition se poursuivait parfois jusqu'à minuit. Song restait souvent jusqu'à la fin. Il attendait à la porte et passait son manteau à Yuling : « Ne prends pas froid. Tu ne pourras plus chanter si tu abîmes ta voix. »

Yuling ne répondait pas, trahissant une expression d'impatience ou d'énervement, mais Song ne se fâchait pas.

Dans la classe, personne n'ignorait le penchant de Song pour Yuling.

Aux yeux des gens de la campagne, Song était plutôt un bon parti. Une fille m'avait confié, une fois, qu'elle serait enchantée si notre prof de chimie lui faisait la cour. « C'est quelqu'un qui mange du riz acheté ! » soupirait-elle.

« Manger du riz acheté », et non pas du riz distribué par la commune populaire, faisait une énorme différence. Cela voulait dire qu'il avait un statut de fonctionnaire, qu'il ne craignait pas la mauvaise récolte et qu'il avait de l'argent pour payer les marchandises. À côté de ces avantages, la peau grêlée de son visage passait presque inaperçue.

Ayant adopté ce point de vue, je commençais à me demander pourquoi Yuling restait insensible aux charmes de notre prof. D'accord elle était belle mais, en fin de compte, c'était quand même une fille de paysan !

Un jour, vers la fin de l'après-midi, il faisait si beau et si doux que plusieurs filles sortirent leur bassine pour aller laver des vêtements à l'étang. Je me joignis à elles.

L'eau était encore très fraîche ; au bout d'un moment, les doigts gelaient et devenaient rouges. Je me les réchauffais sur la bouche lorsque les filles se mirent à chuchoter d'un air mystérieux. Je tendis l'oreille et entendis :

— Yuling lave les vêtements de Tian !

La phrase circula de bouche à oreille, se terminant dans un éclat de rire général.

La formule avait une signification claire. Ici, quand une fille lavait les vêtements d'un garçon, tout le monde savait qu'elle en était amoureuse. Et si elle lui raccommodait les chaussettes, c'était la preuve qu'elle en était désespérément éprise.

Que Yuling soit amoureuse de Tian, cela ne me surprenait pas vraiment. Chanteur principal de l'équipe artistique, Tian remplissait presque tous les rôles du jeune premier. Dans le nouvel opéra que nous préparions, *La Fille aux cheveux blancs*, c'était lui qui chantait le fiancé de Xi'er. Le rôle de Xi'er, fille de paysan pauvre persécutée par le propriétaire foncier, était incarné par Yuling. La distribution des rôles n'avait étonné personne ; j'en avais déduit que ce n'était pas la première fois que Yuling et Tian jouaient les fiancés sur scène.

Je me mis à les observer avec plus d'attention et ne tardai pas à découvrir que, lorsque Song attendait Yuling à la sortie, c'était bien vers Tian qu'elle dirigeait son regard de regret et d'impuissance.

Entre les filles, on ne ratait pas une occasion de la taquiner, mais personne ne faisait la moindre allusion à son penchant en présence des autres. Nous savions toutes qu'il était interdit au lycée d'avoir une relation amoureuse. Chen nous rappelait souvent: « Vous êtes encore jeunes, il faut concentrer votre énergie sur les études et sur la construction du socialisme. » Avoir une relation amoureuse, c'était faire passer son intérêt personnel avant celui de la révolution.

Cependant, malgré les remontrances, des histoires d'amour naissaient de temps en temps.

Les enfants de la campagne allaient à l'école plus tard qu'en ville, à cause des parents qui les gardaient à la maison pour se faire aider. La plupart de nos camarades de classe étaient un peu plus âgés que nous. Yuling, par exemple, avait presque dix-huit ans. Dans l'équipe artistique, il y avait aussi des garçons et des filles de la classe supérieure, et les plus âgés avaient déjà vingt-deux ans.

Conscient probablement du danger, le secrétaire du parti de la commune, qui d'ordinaire ne s'intéressait pas outre mesure à l'affaire artistique, vint inspecter l'équipe. Il repéra des problèmes dès sa première visite.

Ce soir-là, sous l'œil vigilant du secrétaire flanqué de Chen et du directeur de l'équipe, nous répétions le deuxième acte, celui où le père de Xi'er est tué par le propriétaire foncier. D'habitude, au moment où Xi'er se jetait en pleurs sur le corps, le frère jumeau qui jouait le rôle du père n'arrêtait pas de gigoter, ce qui faisait rire tout le monde. Je redoutais cette scène car le rire à ce moment précis pouvait être interprété comme un manque de compassion à l'égard du paysan pauvre. Mais ce jour-là le jumeau était superbe; il restait immobile des sourcils aux orteils, et Yuling chantait avec tant d'émotion que nous tous, dans le chœur, étions bouleversés par la douleur de la Fille aux cheveux blancs.

Le directeur de l'équipe semblait très satisfait; il nous permit de faire une pause et invita le secrétaire à expliquer ses intentions.

Celui-ci commença par dire avec modestie qu'il n'était pas un expert de chant et de danse, mais qu'il voulait nous rappeler la vocation du travail artistique.

—La tâche principale de l'équipe est de propager la pensée de Mao, qui dit que « l'art est une arme au service de la cause révolutionnaire ». Vous devez représenter l'image du paysan pauvre et de l'armée communiste, mais certains d'entre vous ne pensent qu'à leur propre image... Toutes ces coquetteries sont la preuve des séquelles de la pensée bourgeoise !

Il cita l'exemple d'une danseuse qui se regardait chaque fois qu'elle passait devant le miroir. La pauvre eut les larmes aux yeux. Il fit aussi remarquer que les gestes des soldats n'étaient pas assez énergiques.

—Avec des bras si mous, comment pouvez-vous combattre les ennemis ?

Yuling ne fut pas épargnée : le secrétaire critiqua sa nouvelle coiffure. Je trouvai que c'était un bien grand mot, car il s'agissait en fait d'une touche mineure. Les lycéennes raffolaient ces derniers temps d'une nouvelle mode venue du chef-lieu, qui consistait à friser la frange. Yuling l'avait imitée. Depuis deux jours, quelques mèches brûlées et roulées aux pinces chauffées s'affichaient sur son front.

Je dus reconnaître la justesse de la remarque du secrétaire à ce propos. Les cheveux de Xi'er n'étaient pas un détail anodin du spectacle. Le célèbre scénario s'était inspiré d'une histoire vraie: une fille de paysan pauvre avait vécu des années dans la montagne sauvage, se nourrissant des fruits et des herbes; privée de sel, ses cheveux étaient devenus tout blancs lorsqu'elle avait été sauvée par l'Armée de Libération.

La frange disparut du crâne de Yuling lorsque la répétition reprit après la pause. Nous, les soldats qui venions la sauver, dansions les yeux grands ouverts, jetant énergiquement les bras et les jambes, agitant les poings avec fureur.

Le secrétaire nous regarda longuement, chuchota quelques mots dans l'oreille de Chen et partit. Il était sans doute satisfait.

Quelques jours plus tard, après un cours de sport, nous fûmes convoquées dans le bureau du directeur. La nouvelle directrice adjointe était également présente. Chen fit l'éloge de notre contribution à la propagande de la pensée de Mao; il ajouta que nous qui étions venus de Pékin représentions la capitale et devions faire plus attention à notre image.

Nous manifestâmes notre approbation, en nous demandant l'objectif réel de cet entretien. À notre surprise, Chen partit après cette introduction, nous laissant seules avec la directrice adjointe.

Elle nous fixait attentivement, et son regard nous mit mal à l'aise.

C'était une femme d'environ quarante ans, membre de la commune populaire envoyée à l'école en tant que représentante de paysans. Cette année-là, une nouvelle réforme exigeait que tous les établissements scolaires incluent dans leur direction un représentant des paysans ou des ouvriers. N'ayant jamais fait d'études, notre nouvelle directrice adjointe avait appris à écrire quelques caractères dans une classe d'alphabétisation.

Après un silence qui nous parut de plus en plus gênant, la directrice toussa et cracha par terre.

— Dites-moi : portez-vous des soutiens-gorge ?

Nous ne nous attendions pas à cette question et hésitâmes avant de répondre.

— Oui.

— Vraiment ?

Je me sentis mal à l'aise. Bien sûr que nous en portions un ! Pourquoi cette question ?

— Vos soutiens-gorge ne sont peut-être pas adaptés, reprit-elle ; on voit la forme de votre corps sous votre chemise de printemps. Vous savez, chez nous, ici, une jeune fille doit cacher sa poitrine.

Je ne pus m'empêcher de jeter un coup d'œil furtif sur la directrice. Elle arborait une poitrine plutôt opulente. Elle me rappela une femme que j'avais vue un jour dans la rue donner le sein à son bébé sous les yeux des passants. La directrice sembla deviner ma pensée secrète.

— Une femme mariée, dit-elle en crachant encore, c'est différent. Vous devrez faire vos soutiens-gorge comme il faut ; demandez à vos camarades de chambre de vous montrer…

En sortant du bureau, nous avions l'impression d'être nues.

Nous marchions penchées vers l'avant, les épaules affaissées. Nous sentions des regards curieux sur nous et avions honte.

Dans la chambre, les filles vinrent vers nous et demandèrent ce qui s'était passé. Nous répondîmes qu'il n'y avait rien.

—Rien ? Mais vous en faites une drôle de tête !

—C'est vrai. Pourquoi vous rougissez ?

Elles insistaient pour savoir la vérité, menaçant même d'aller demander au directeur Chen, mais en vain. Nous savions bien qu'elles ne le feraient pas.

Je n'avais qu'une chose en tête : enlever cette chemise et mettre ma veste la plus large. Mes deux amies avaient sans doute la même pensée car une fois seules, elles se mirent comme moi à fouiller dans leurs affaires.

—Quel hypocrite, dit Yanyan en parlant du secrétaire de la commune. C'est sûrement lui qui a dit à Chen de nous convoquer ! Mais il n'aurait pas remarqué ça s'il ne nous avait pas regardées attentivement !

—Ce que je ne comprends pas, dit Liping en enfilant une veste de velours côtelé déjà plus de saison, c'est pourquoi ils pensaient que nous ne portions pas de soutiens-gorge. Les autres filles, au fait, comment font-elles ?

Cette question m'intriguait aussi. Nos camarades n'achetaient jamais de soutien-gorge, elles les confectionnaient elles-mêmes avec des chutes de tissu. Dans cette chambre où nous cohabitions avec une quinzaine de filles, j'avais jusque-là évité de regarder les autres se déshabiller ; mais maintenant je les observai pour découvrir leur secret.

Le soutien-gorge qu'elles portaient n'avait pas de bonnet : c'était une sorte de brassière droite, cousue avec deux morceaux de coupon, sans creux devant comme derrière. Elles le portaient le plus serré possible, les bords s'enfonçaient dans la chair et laissaient des traces rouges. Et ça ne suffisait même pas… Pour camoufler sa poitrine, une grosse fille demandait à deux copines d'enrouler son buste dans une bande de tissu ; elle n'arrêtait pas de leur dire de serrer plus fort. Ses seins s'écrasaient sous la bande comme deux gros pains de vapeur aplatis. J'eus du mal à respirer.

La vie dans l'équipe artistique était malgré tout bien agréable. J'aimais danser et chanter, et la sensation d'être sur scène était excitante. Mais ce n'était que plus tard que je réalisai notre vrai privilège.

La grande saison agricole commençait. Dans les champs, les céréales poussaient, mûrissaient. Certains cours étaient remplacés par des travaux au champ, mais les membres de l'équipe artistique n'y participaient pas. « La propagande de la pensée de Mao est très importante, » nous asséna Chen ; « vous êtes choisis pour cette tâche, c'est là votre champ de bataille. »

Pendant que nos camarades remuaient la terre aux plantes de colza ou arrachaient les mauvaises herbes au champ de blé, nous chantions et dansions. Ceci dit, nous n'étions pas totalement exemptés de travail manuel. Nous devions, comme tous les élèves de l'école, accumuler l'engrais dont avaient besoin les cultures. L'engrais chimique coûtait si cher qu'on ne s'offrait pas le luxe d'en utiliser.

Tous les matins, avant d'aller au cours, tout le monde apportait deux paniers d'engrais animal. À l'entrée de l'école, le comptable estimait le poids et le notait. Chaque élève devait en remettre dix kilos par jour.

La source de ces trésors était les excréments des bêtes qu'il fallait ramasser dans la rue, sur la route, au bord des champs… Nous étions un peu affolées le premier jour, en constatant au réveil que nos camarades étaient déjà parties. Mais nous eûmes de la chance.

Après à peine quelques centaines de mètres, des objets de notre recherche, d'une taille remarquable, trônaient au milieu de la route, encore fumants et humides à souhait, et sans conteste d'une fraîcheur extraordinaire.

Comme quoi, rien ne servait de se lever tôt, il suffisait d'être au bon endroit au bon moment.

Nous arrivâmes à l'école non sans fierté. Devant le tas de fumier qui dégageait une odeur forte, le comptable refusa de noter nos apports. À nos cris de protestation, des camarades s'approchèrent.

—Mais c'est de la bouse !

Ils éclatèrent de rire à la vue du contenu de nos paniers.

—Et alors ?

—Alors, ces merdes de vache ne valent rien !

—Pourquoi donc ?

Voyant notre air incrédule, le chef de classe planta sa pelle dans une de ces grosses pyramides, la retournant.

—Regardez, c'est que de la paille, ça n'a aucune odeur. Vous avez qu'à sentir !

Il souleva de sa pelle la pâte jaune et l'avança jusque sous mon nez.

Après ce premier jour, nous nous levions plus tôt et partions chacune dans une direction au lieu de rester ensemble.

La récolte devenait beaucoup plus difficile dès qu'on excluait les bouses. Les rares étrons ou fientes que nous trouvions n'étaient jamais assez volumineux et ne pesaient pas lourd. Souvent, lorsqu'abattues, nous entendions le comptable annoncer qu'il manquait encore quelques kilos, Yuling arrivait.

Elle avançait d'un pas leste, fredonnant, plaisantant avec le comptable qui s'empressait de décharger sa palanche. Nous regardions avec envie ses paniers pleins de crottins de cochon, de chèvre ou de chien, à l'odeur délicieusement fétide.

—Quel secret?

Elle fit une moue coquette quand je lui demandai sa recette.

—Je rentre tout simplement à la maison le matin, et pendant que je prends mon petit déjeuner, papa remplit mes paniers du compost de la maison.

La maison des parents de Yuling se trouvait juste au bord du bourg. Ses trois frères, aussi costauds l'un que l'autre, ne laissaient jamais se fatiguer leur petite sœur, vedette de toute la commune. Elle n'avait pas besoin d'arpenter tout le quartier comme nous, à la recherche de rares étrons.

Depuis quelque temps, je ne savais plus marcher sans avoir les yeux rivés au sol. À la vue de la plus petite crotte, mon regard s'illuminait, et si une de mes amies se trouvait à côté, je l'envoyais chercher ma pelle et mon panier pendant que je gardais mon trésor. Je m'abaissais jusqu'à crier au premier venu que je soupçonnais intéressé par ma trouvaille: «C'est à moi!»

Yuling et Tian eurent pitié de nous. Un jour, alors que je contemplais avec tristesse mes trois crottes, ils me firent signe d'approcher. Tian m'apprit un moyen secret: le tas de fumier devant le lycée n'était pas gardé, il suffirait d'aller remplir les paniers dans la nuit...

—Mais... c'est du vol? je regardai autour de moi, comme si on nous surveillait déjà.

—Crois-tu que vous êtes les seules? dit Yuling. De toute façon, tu as d'autres moyens?

Non, nous n'avions pas d'autres moyens; Liping et Yanyan étaient d'accord avec moi. On se justifiait en se disant que Yuling et Tian, eux, appartenaient à des familles de paysans pauvres, donc sans faille.

Si le statut de membre de l'équipe artistique nous épargnait les travaux des champs, il ne nous donnait aucun droit à manquer les réunions politiques. Elles étaient très fréquentes ces temps-ci, malgré les cours et les activités agricoles. Il arrivait même qu'on reportât la répétition de l'opéra. Weiguo, qui avait un flair politique assez vif, soupçonnait qu'une nouvelle campagne se préparait.

À part les meetings où un discours de Chen ou d'un autre dirigeant s'imposait, les réunions se passaient le plus souvent sous forme d'étude en petit groupe. On commençait par la lecture d'un document officiel ou d'un article de la presse politique ; ensuite on menait une discussion où chacun prenait la parole, pour analyser le contenu, approfondir sa connaissance, et exprimer sa volonté révolutionnaire. À force de prononcer toujours le même refrain, ces discours étaient devenus une formalité et personne n'écoutait plus vraiment ce que disaient les autres.

Un soir, alors que nous lisions un éditorial du *Quotidien du Peuple*, une panne d'électricité survint. C'était monnaie courante. On alluma une lampe à l'huile et continua. L'article était monotone, des gens somnolaient. Au bout d'un moment, Yanyan, qui faisait la lecture, jeta le journal.

— Bah ! On voit que dalle, ça fait mal aux yeux ! Et puis c'est toujours la même chose, ces articles… Lin, dis-nous plutôt quelque chose en français.

Tous les regards se braquèrent sur moi.

— Tu sais parler français ?

J'avais été dans une des rares écoles de Pékin où les langues étrangères étaient enseignées dès les classes primaires. Depuis la Révolution culturelle, il était question de supprimer ces écoles car elles étaient dénoncées, à cause de leurs conditions privilégiées, comme une « serre de plantes de la bourgeoisie » qui formait des « disciples du révisionnisme ».

— Je n'ai pas appris grand-chose, répondis-je ; en plus, j'ai presque tout oublié…

— Non sens ! m'interrompit Yanyan ; les citations du président Mao, tu ne peux pas les oublier !

Oui, les citations de Mao, c'était à peu près tout ce qui me restait des leçons de français. *Le petit livre rouge* avait été le seul manuel lors de mon dernier semestre à Pékin.

Mais je ne voulais pas faire diversion dans cette réunion politique.

— Les citations de Mao correspondent tout à fait au sujet de notre réunion, dit le chef de la classe pour me rassurer.

— Allez, commence par le premier paragraphe de la première page.

Yanyan donna l'ordre.

— « Le noyau dirigeant de notre cause est le parti communiste chinois ; le fondement théorique de notre pensée, c'est le marxisme et le léninisme. »

Les mots sortaient avec une facilité qui m'étonnait moi-même.

Tout le monde éclata de rire. Que c'est drôle, la langue des diables étrangers !

— Encore, encore ! réclamaient-ils.

— Page cent cinquante-neuf, paragraphe deux, commanda Yanyan.

— « Nous qui formons la nation chinoise, nous sommes prêts à combattre l'ennemi jusqu'à la dernière goutte de notre sang, nous sommes résolus à recouvrer par nos propres efforts ce que nous avons perdu et nous sommes capables de tenir notre place parmi les nations. »

Le rire fut encore plus fort ; tout le monde était réveillé.

Excitée d'être au centre de l'attention, j'enchaînai :

— « Tous les réactionnaires sont des tigres de papier. En apparence, ils sont terribles mais en réalité, ils ne sont pas si puissants. À envisager les choses du point de vue de l'avenir, c'est le peuple qui…

Je n'avais pas terminé le paragraphe que notre professeur principal entra dans la salle.

— Que faites-vous là ? On vous entend rire jusque dans la cour ! Ne savez-vous pas que l'étude politique est une chose très sérieuse ?

Le silence était total : personne ne soufflait mot. Song dirigea son regard sombre sur le chef de classe, qui murmura :

— Lin nous récitait les enseignements du président Mao en français.

— Mais c'est n'importe quoi !

Song fit de son bras un grand geste devant lui, puis posa sa main sur sa nouvelle ceinture militaire qui attachait son vieux pantalon noir.

— En français ? La langue des diables étrangers, et d'un pays capitaliste, par-dessus le marché !

Il se tourna vers moi. Je redoutais ce qu'il allait dire et donnai un coup de pied sous la table à Yuling, assise à côté de moi. La maligne comprit.

— Mais ce sont quand même les paroles du président Mao qu'elle récite, dit-elle. Ne devons-nous pas utiliser l'arme des ennemis pour servir notre cause ? Et puis, nous avons le devoir de semer le feu de la révolution prolétarienne dans le monde entier, y compris dans les pays capitalistes !

J'eus envie de l'applaudir, mais me contentai de lui pincer la cuisse sous la table. Le regard de Song s'adoucit, et je fus sauvée.

V

Notre nouveau prof de maths n'était pas un enseignant comme les autres.

Lors du premier cours, on s'attendait à ce qu'il parle d'abord, comme tous les autres, de la situation politique ou de l'importance de cette matière pour la cause révolutionnaire, mais il tourna le dos dès son entrée et écrivit au tableau :

Propriété du triangle rectangle :

BC2 = AB2 + AC2.

Ensuite il dessina avec élégance un triangle entouré d'un cercle aussi rond que s'il l'avait tracé à l'aide d'un compas. Après quoi, sans lever les yeux et ne faisant aucune attention à son public, il commença : « En tout triangle rectangle le carré de l'hypoténuse est égal à la somme des carrés des deux autres côtés... »

Il parlait la tête baissée, les yeux fixant un point de son pupitre sur lequel il avait étalé une ligne de petits bouts de craie blanche.

Sa voix était à peine audible. On aurait dit un accusé faisant son autocritique devant un public composé de masse révolutionnaire.

Nous apprîmes plus tard que monsieur Wang était le fils du riche propriétaire foncier qui avait possédé le domaine de notre lycée. Il avait fait de brillantes études à Pékin, à l'université Qinghua, dont le département de mathématiques était le meilleur du pays. Devenu enseignant dans ce même département, il avait été récemment relevé de ses fonctions à cause de son origine. Ce fils d'ancien propriétaire foncier avait été renvoyé dans son pays natal, la montagne de Jade, pour « se faire rééduquer sous la surveillance des paysans pauvres », comme l'indiquait son dossier qu'il présenta à la commune populaire. Le lycée manquant cruellement de professeurs, le comité du parti décida que ce déchu de Qinghua n'irait pas travailler aux champs mais effectuerait sa rééducation « auprès des enseignants et des élèves révolutionnaires ».

Prenant sans doute son attitude pour un signe d'humilité, des élèves réfractaires aux maths se laissaient aller et perturbaient le cours. Wang prit un bout de craie et le lança sur le premier, puis un autre sur le deuxième, avec une précision de tir qui stupéfia toute la classe. Les bruits et les chuchotements cessèrent net.

Le deuxième jour, un garçon ne rendit pas son devoir, une fille ne sut pas répondre à sa question. Wang leur déversa des injures d'une violence inouïe, les traitant de « crétins, imbéciles, espèces de bons à rien… » À la pauvre fille qui se mit à pleurer, il ajouta sans pitié qu'elle ferait mieux d'aller planter le maïs au lieu d'occuper une place dans la classe.

À partir de ce jour, tout le monde se méfia de son apparence et redoublait d'attention. Au cours, rien ne semblait échapper à ses yeux toujours baissés. Un élève distrait recevrait à coup sûr une balle de craie que Wang ajustait avec précision à tous les coups. Malgré sa voix basse, un silence absolu régnait lors de son cours.

Parmi les rares personnes qui n'avaient jamais reçu de craie, il y avait Fengwen, moi, et une autre élève un peu particulière.

Un jour, nous qui étions déjà habitués à sa façon d'entamer le cours eûmes la surprise de l'entendre dire : « Nous prions d'abord le représentant du comité révolutionnaire du lycée de nous donner ses instructions. »

Nous nous retournâmes et aperçûmes, au fond de la salle, notre directrice adjointe. Celle-ci secouait la main, refusant de faire un discours.

— Je suis là pour apprendre, dit-elle.

Comme tout le monde dans sa famille, elle n'était jamais allée à l'école. Elle voulait apprendre à calculer, pour savoir faire les comptes. Elle demanda au professeur de la traiter comme une élève et la gronder quand il le fallait.

On ne pouvait pas dire qu'elle pigeait vite au cours, mais Wang montrait à son égard une patience que nous trouvions inhabituelle. Sans doute pour avoir en échange une bonne note de la direction.

J'avais aperçu plusieurs fois l'air satisfait et un peu étonné de Wang lorsqu'il annonçait la note de Fengwen. Il nous dit un jour, à Fengwen et à moi, que nous devrions envisager une discipline scientifique à l'université. Je faisais peu de cas de son conseil. Les universités ne recrutaient plus depuis le début de la Révolution culturelle. Supposons qu'elles rouvrent un jour, je ne me sentais pas concernée. Pour quoi faire ? Pour être renvoyée comme Wang à cause de mes parents ? Quant à Fengwen, elle était certes d'une famille irréprochable, mais j'étais persuadée qu'elle avait d'autres ambitions.

Fengwen ne faisait pas partie de l'équipe artistique, mais ne rentrait pas se coucher avant minuit non plus. Le soir, elle passait de longues heures à écrire dans la classe sous la lumière d'une lampe à l'huile, après que l'électricité fut coupée.

Je lui avais demandé ce qu'elle écrivait ; elle finit par me le montrer après plusieurs semaines.

— D'accord, mais tu ne diras rien à personne !

Elle me tendit un cahier qu'elle avait confectionné elle-même. Je reconnus la couleur de nos papiers de brouillon usés : Fengwen les avait pliés en deux, le côté utilisé vers l'intérieur, et avait recousu ces feuilles doubles avec du fil en coton. La première page indiquait en titre : *Le prunier rouge magique.*

— Ne te moque pas de moi, dit Fengwen en rougissant, en fait, c'est toi qui m'as donné l'idée d'écrire.

Elle me montra ce qu'elle tenait dans l'autre main : c'étaient les *Contes* d'Andersen, le cadeau que je lui avais offert pour son anniversaire à la place du chemisier fleuri que je n'avais pas pu acheter. Il faisait partie des livres que j'avais réussi à emporter de Pékin.

Quand j'étais petite, impressionnée par le nombre de livres que possédaient mes parents, je m'étais demandé à quoi bon en avoir autant, puisque toute une vie ne suffirait pas à les finir ! Mon père m'avait répondu qu'il suffisait d'en lire trois ou quatre par an. Je m'étais mise alors à compter : il me faudrait à ce rythme-là soixante-huit ans. De toute manière, je n'aurai jamais l'occasion de vérifier ce pronostic. La plupart de ces livres étaient classés « herbes venimeuses du féodalisme, du révisionnisme et de la bourgeoisie » ; aussi on en avait brûlé une grande partie avant que les gardes rouges ne viennent les confisquer. Le reste, ma mère avait voulu s'en débarrasser en quittant Pékin. « Ce n'est pas la peine de les déménager, on n'aura pas le temps de lire et pas de place pour les ranger. »

Elle les avait vendus au kilo à un chiffonnier, qui avait grogné à cause du papier trop solide et de la couverture cartonnée: « C'était bien pour vous rendre service, ça ne vaut pas les vieux journaux! »

Je n'en avais sauvé que quelques-uns au dernier moment. Je les avais couverts de feuilles de magazine avant de les mettre discrètement dans mes bagages. Ce livre d'Andersen paraissait encore neuf lorsque je l'avais donné à Fengwen. J'avais voulu lui retirer sa couverture mais Fengwen m'avait arrêtée. Laisse-la, avait-elle demandé.

C'était effectivement plus prudent: les œuvres étrangères n'étaient pas autorisées.

Le prunier rouge magique était une sorte de conte pour enfants, écrit sous forme de rêves d'une jeune membre de la commune populaire. Ses rêves se chargeaient toujours de morale socialiste, mais, malgré des expressions qui rappelaient le langage politique, il y avait beaucoup de fraîcheur dans le style. L'imagination un peu naïve de l'héroïne et sa sincérité rendaient l'histoire très touchante.

Fengwen, pensive, me demanda alors quel était le rêve de ma vie.

À vrai dire, je ne m'étais jamais posé la question. Quand j'étais entrée dans cette école pour apprendre le français, on me disait que je serais plus tard interprète et que je pourrais voyager à l'étranger; ma voie semblait toute tracée. Mais maintenant, l'école dissoute, mes parents envoyés en rééducation, je me résignais à ce que me réservait le sort.

—Et toi? Quel est donc ton rêve? demandai-je à Fengwen.

—J'en ai plusieurs, dit-elle. Le premier, c'est de devenir institutrice.

Je n'aurais jamais mis en doute le fait que Fengwen puisse être une bonne maîtresse pour les enfants, même si je n'avais pas lu ce qu'elle avait écrit.

— Ensuite ?

— Après cela, mon deuxième rêve ne sera pas très difficile à réaliser.

Fengwen eut un sourire.

— Quand je serai institutrice, j'aurai un salaire, ma mère n'aura plus besoin de tisser tous les soirs après le travail. J'achèterai aussi des cigarettes à mon père pour remplacer son tabac roulé dans du papier journal, et des chemises fleuries à ma petite sœur…

— Et pour toi-même ?

— Moi, après tout ça, je ne demande plus grand-chose ; j'aimerais seulement prendre une fois le train… Oh, je ne veux pas aller loin, juste un petit voyage pour voir comment c'est.

Fengwen réfléchit un instant.

— En fait, j'hésite encore entre devenir institutrice ou écrivain, qu'en penses-tu ?

Je ne sus pas répondre. Ce jour-là, ni elle ni moi ne nous doutions que nous aurions bientôt l'occasion d'exercer notre talent d'écrivain.

Une campagne politique de grande envergure s'emparait de toutes les régions. Le comité central de la Révolution culturelle appelait à « mener la lutte jusqu'au bout », à « découvrir les ennemis cachés au sein du peuple ». Le pays entier, dans tous les domaines et à tous les niveaux, participait activement au mouvement.

Au lycée, on nous demanda de dénoncer les moindres paroles et comportements qui ne correspondaient pas aux critères de la classe prolétarienne. Nous devions rendre publics nos soupçons par le biais des dazibaos. Des affiches écrites en gros caractères au pinceau couvrirent bientôt les panneaux et les murs.

Les premières cibles étaient ceux que leur statut politique soumettait déjà à un traitement particulier. Plusieurs articles visaient notre professeur de maths, mentionnant ses balles de craie, ses injures aux élèves qu'ils qualifiaient d'expression de sa « haine envers le peuple ». Un article signé par des élèves de notre classe écrivait : « Que le fils du propriétaire foncier dise à une descendante de paysan d'aller planter le maïs, c'est le cri hostile de sa classe qui rêve de récupérer le paradis perdu. »

Monsieur Wang vint au cours comme si de rien n'était. Sous notre regard perplexe, il se contenta de citer un vieux proverbe : « Je suis un cochon déjà mort et ne crains plus d'être trempé dans l'eau bouillante. »

Le lendemain, un autre dazibao publia ces propos et accusa leur auteur de « contre-attaque ».

Peu nombreux au début, les dazibaos se multiplièrent très vite. Tout le monde s'y mettait ; ceux qui n'écrivaient rien furent convoqués par la direction pour réveiller leur conscience de la lutte de classes. Un jour, ce fut mon tour d'être convoquée.

On me fit asseoir sur une chaise au milieu de la pièce, face à une grande table derrière laquelle étaient alignés Chen, Song et la directrice adjointe. Ils me demandèrent pourquoi je n'avais affiché aucun dazibao.

— Je ne sais pas quoi écrire, répondis-je, fautive.

— La lutte des classes est omniprésente, intervint Song, ce n'est pas possible qu'il n'y a rien à dire.

— Si tu ne remarques rien, c'est que tu manques de vigilance, ajouta la directrice.

Ce devait être vrai. Je réalisais toujours trop tard, en lisant ce qu'écrivaient les autres, des problèmes que j'aurais dû remarquer moi aussi.

— Mais cela ne t'empêche pas d'exprimer ta position, reprit Song. La recherche des ennemis cachés ne se limite pas aux gens de notre lycée : c'est une vaste campagne. Tu viens de la capitale, où la lutte de classes est acharnée ; n'as-tu rien à dire de tes anciens professeurs, de tes anciens camarades ?

Je me creusai la tête, et me rappelai enfin une chose. Dans notre classe de Pékin, il y avait une fille frimeuse. Son père était un haut officier de l'armée et elle aimait balancer de temps en temps une nouvelle de source rare pour nous épater. Un jour elle avait parlé de Jiang Qing : « Elle était chargée des affaires artistiques seulement parce qu'elle est la femme du président Mao, mais en réalité elle n'est rien et tous les généraux le savent. » Sa révélation nous avait stupéfaits : personne n'avait osé la répéter.

À peine ai-je eu fini de parler que les trois en face de moi changèrent de couleur. Chen – qui n'avait rien dit jusque-là – me demanda de préciser, en faisant signe à Song de prendre des notes, le nom de la fille, le lieu et le moment exacts où ces paroles avaient été prononcées. J'eus peur en voyant qu'ils prenaient l'affaire tellement au sérieux, mais ne pouvais plus reculer. Le cœur battant, je donnai le nom, mais ajoutai qu'elle avait quitté l'école et que nous n'avions plus aucun contact depuis longtemps.

En sortant du bureau, je me sentis très mal. Quel diable m'avait prise de faire une chose pareille ! Qu'allaient-ils faire maintenant ? Avertir Pékin pour arrêter la fille ? Sans son adresse, il faudrait dix Sherlock Holmes pour trouver une certainc Yang.

Pendant des nuits je n'arrivai plus à dormir; j'avais peur que mes camarades me posent des questions, mais personne ne semblait faire attention à mon cas.

L'atmosphère au lycée devenait de plus en plus tendue, on avait l'impression qu'une explosion pouvait arriver à tout moment. Les « cochons morts » comme notre prof de maths étaient laissés de côté; la dénonciation visait à présent les ennemis « cachés plus profondément ». De nouvelles découvertes nous surprirent chaque jour.

On put lire un dazibao contre Song, lui reprochant d'avoir manqué de respect au président Mao : lorsqu'on lui rapporta que je récitais en français *Le petit livre rouge*, Song avait prononcé : « C'est n'importe quoi. » L'article n'était pas signé. Je me demandai qui avait pu écrire une chose pareille. Une telle accusation suffisait à établir un crime de lèse-majesté, qui pourrait l'envoyer en prison !

Consciente de mon handicap en flair politique, je doutais quand même de la vraie motivation de certains. Le dazibao semblait devenir un moyen de déverser toutes sortes de rancunes. En tout cas, c'était le sentiment que j'avais en lisant une affiche qui révélait « la relation anormale » de Yuling et Tian. Elle mentionnait avec force détails leurs rendez-vous secrets, en énumérant les dates et les lieux précis.

L'article avait attiré beaucoup de curieux; Yuling et Tian n'osaient plus marcher sans baisser la tête. Ils furent convoqués par Chen : le directeur de l'équipe artistique menaçait de les exclure.

La vague de dazibao se calmait lorsque commença la seconde étape de la campagne. Les dénonciations furent classées en différentes catégories. La plupart concernaient les « conflits au sein du peuple », il conviendrait d'aider ces « camarades » à reconnaître leurs erreurs ; la masse révolutionnaire déciderait ensuite, selon leur attitude, s'ils étaient dignes de rester dans le camp du peuple.

Devant tout le monde, Yuling et Tian se confessèrent, jurant de mettre fin à leur relation.

Dans les classes des plus jeunes, la réunion ne s'était pas très bien passée. Shulai et Shumei étaient critiquées par leurs camarades parce qu'elles croquaient souvent des friandises pendant la récréation. Mais les deux sœurs refusaient d'être appelées « jeunes plantes de la bourgeoisie ». À ceux qui leur reprochaient de manquer de sentiment pour les paysans pauvres, elles répliquaient que ces paysans pauvres s'étaient laissés exploiter par les riches propriétaires, à l'heure où leurs parents à elles avaient risqué leur vie pour les libérer… Des collégiens agacés par l'air supérieur des petites Pékinoises haussèrent le ton. Un cas, plutôt banal au départ, s'aggravait.

La dispute aurait pris une tournure encore plus dangereuse si elle n'avait pas été interrompue par un incident. Daniu qui écoutait jusque-là en silence se mit soudain à se tortiller sur sa chaise ; sa bouche ouverte émettait un cri rauque comme une bête, ses mains s'agitaient spasmodiquement. Erniu, qui venait d'apercevoir sa sœur saigner entre les deux jambes, poussa un cri affolé. Toutes les deux chialaient à crever les oreilles.

Le chef de classe arrêta la réunion, envoya quelqu'un chercher la directrice adjointe. Celle-ci vint immédiatement. Elle constata le saignement de Daniu et l'emmena dans sa chambre.

Le soir, la directrice vint trouver Liping; elle avait l'air inquiet. Daniu venait d'avoir ses premières règles, elle était perturbée et ne voulait plus sortir de la chambre. Visiblement, la vie collective à l'école ne convenait pas à cette jeune fille qui souffrait d'un handicap mental, et Erniu était trop jeune pour s'occuper d'elle. La directrice suggéra à Liping d'expliquer la situation à l'école des cadres dont dépendaient leurs parents.

Liping transmit le message le dimanche suivant. Elle raconta tout ce qui s'était passé à l'école, sans oublier la relation tendue de Shulai et Shumei avec leurs camarades.

Avant notre retour au lycée, le comité du parti de l'école des cadres nous informa de leur décision. De nouveaux bâtiments venaient d'être achevés, un collège s'y installerait et il existait déjà un projet de faire revenir les jeunes enfants à la prochaine rentrée. Étant donné les circonstances, il avait été décidé de ne pas attendre les vacances et de rapatrier ces enfants dès maintenant.

Après la lecture de la lettre du comité que nous lui avions apportée, Chen réfléchit longuement.

—Vous êtes venus ici pour apprendre auprès des paysans, dit-il, la campagne actuelle était une bonne occasion. Ceci dit, ces enfants sont jeunes…

Il consultait du regard la directrice adjointe. Celle-ci le mit alors au courant de l'incident de la semaine précédente, insistant sur l'état psychique de Daniu. Pour finir, elle parla d'un autre problème.

—Nos nouveaux collègues, monsieur et madame Wang, vivent toujours dans le dépôt de la cantine. La récolte d'été a commencé, nous aurons bientôt besoin de cette pièce pour stocker le blé…

Chen comprit sa suggestion, et nous aussi.

La pièce où les Wang vivaient en ce moment était si étroite qu'un grand lit occupait presque la moitié de sa surface. Leur petite fille dormait dans un lit pliant qu'il fallait ranger tous les matins. La table unique qui servait à la fois de table à manger et de bureau n'était pas assez grande pour le travail à trois, aussi notre prof corrigeait souvent nos devoirs sur un tabouret servant de tablette installé provisoirement sur le lit...

En laissant les jeunes Pékinois rentrer chez eux, l'école libérerait le petit foyer qui pourrait loger la famille. Chen sembla décidé.

— Bien, puisque c'est le souhait du comité de parti de l'école des cadres, je n'y vois pas d'inconvénient.

Nous fûmes soulagés en mettant les bagages de nos jeunes camarades dans le camion qui les ramenait chez leurs parents. J'étais heureuse aussi de penser que nos professeurs allaient enfin s'installer dans une grande chambre de leur résidence ancestrale.

La moisson d'été battait son plein : tout le monde y participait, en préparant en même temps les examens et la représentation artistique de la fin d'année. Les activités politiques ralentissaient pendant leur phase finale. Faute de preuves réellement convaincantes, il y eut peu de sanctions sévères.

Monsieur Wang reçut un autre avertissement, Song fit son autocritique mais restait notre professeur principal. Yuling craignait un peu sa réaction à cause de sa relation amoureuse avec Tian, mais Song ne fit aucun commentaire.

Mais pour nous, le climat politique ne s'éclaircissait pas pour autant. Les nouvelles venues de l'école des cadres nous inquiétaient de plus en plus.

Au ministère de l'Industrie, un débat s'était engagé à propos d'une affaire d'achat de matériels de recherche. La décision de les importer d'Europe révélait, selon les dazibaos signés « la masse révolutionnaire », le culte de la technique occidentale chez les dirigeants, dont faisait partie le père des jumeaux. Il fut isolé pour confesser son crime.

De son côté, la mère de Yanyan refusant toujours de reconnaître ses agissements d'espionne, fut classée « ennemi opposant une résistance tenace ». Yanyan reçut une lettre de son père, qui lui apprit qu'il se séparait de sa mère. « Ma chère fille, écrivait-il, j'ai pris position dans le camp du peuple, tu dois faire pareil même si c'est difficile et douloureux. Nous allons surmonter ensemble et de façon digne l'épreuve à laquelle nous soumet cette campagne... »

Depuis qu'elle avait reçu cette lettre, Yanyan ne parlait plus, ne riait plus. Tous les matins, elle partait la première récolter le blé, le soir elle rentrait seule après tout le monde, et se mettait au lit avant la nuit sans dire un mot à personne. Elle nous évitait.

Weiguo essaya de la convaincre de suivre l'exemple de son père, elle ne répondit rien.

Peu de temps avant les vacances d'été, un autre événement vint frapper notre petit groupe. Nous apprîmes avec stupéfaction que le père de Weiguo était un « traître à la révolution ». Il aurait exprimé, aux dires des enquêtes, des avis différents du comité central de l'Armée dirigé par le président Mao, pendant les premières années de la république.

Cette nouvelle nous laissa tous sans voix. Le père de Weiguo, général de longue date ayant un passé glorieux ! Comment pouvait-il être un traître ? Nous avions tous le souvenir d'un homme intègre et économe, d'un père exigeant qui refusait à ses enfants le moindre privilège. J'avais rarement vu Weiguo porter une veste ou un pantalon sans rapiéçage, il était le seul parmi nous qui avait enlevé son matelas et dormait à même le drap sur la paille comme les enfants de la campagne.

Weiguo devint silencieux à son tour. Comme Yanyan, il abattait la besogne d'arrache-pied, mais au lieu de se mettre sous la couverture aussitôt après le dîner, il restait tous les soirs très tard dans la salle de classe.

À la lumière de sa vieille torche militaire, j'aperçus le titre de ce qu'il lisait: la *Sélection des Œuvres du président Mao*.

VI

Les grandes vacances d'été tant rêvées arrivèrent enfin !

Comme les congés de printemps et d'automne, ces vacances scolaires n'étaient pas vraiment destinées à la détente, mais cela ne gâchait nullement notre joie.

Nous pouvions enfin rentrer voir nos parents et rester à la maison, l'école ne reprendrait pas avant septembre.

Après deux jours de repos seulement, nous fûmes intégrés dans les groupes de travail de l'école des cadres. Dans les champs, les tiges de blé s'écrasaient sous les épis mûris au soleil, les coques de colza pleines à craquer perdaient leurs graines… La saison n'attendait pas.

La récolte de cette année s'annonçait bonne, mais il fallait la rentrer avant l'arrivée de la pluie. Tout le monde, y compris les affectés au bureau, se mobilisait. Les écoliers comme ma sœur s'organisaient aussi pour ramasser les graines de blé perdues dans les champs.

Devant la cantine, deux banderoles suspendues nous rappelaient, en gros caractères rouges : « Que chaque graine de céréales rentre dans le grenier ! », ou encore, « Soutenons la révolution avec une bonne récolte ! »

Le troisième jour de nos vacances, nous partîmes à l'aube, une faucille à la main, derrière les adultes.

Il faisait déjà très chaud au mois de juin, aussi il fallait se lever tôt pour profiter de la fraîcheur. Nous travaillions du petit matin à dix heures, rentrions avant la grande chaleur de midi, repartions au champ à quatre heures et y restions jusqu'à la tombée de la nuit.

La campagne dormait encore dans la pénombre du matin. Ici et là, un chien aboyait, rompait le silence ; un coq soliste exerçait sa voix, des échos lui répondaient de tous les villages. Derrière les nuages gris de l'horizon, le soleil apparaissait, doucement d'abord, comme un gros ballon rouge qui flotte, puis renversait brusquement sa lumière éclatante. Au bruit de la faucille mêlé au craquement sec de la tige, le blé tombait, des meules se dressaient, un parfum de grain mûri se répandait.

Les moissonneurs étaient invisibles, tels des fantômes ; seuls des chapeaux de paille remuant à la surface des vagues dorées laissaient deviner leur activité intense.

Il n'était même pas encore huit heures que le soleil brûlait déjà. Nos chemisettes en coton étaient vite mouillées, la sueur coulait sur chaque tête coiffée d'un grand chapeau de paille. À la vue d'un cuisinier avançant sur le bord des champs, nous avions l'impression d'apercevoir un sauveur. Le cuisinier posait par terre sa palanche, ouvrait les deux seaux fumants et nous appelait à la pause.

Le petit déjeuner était composé d'un bouillon clair de riz cuit avec du soja vert, excellent contre l'insolation, et de petits pains farcis à la confiture de jujube. Le premier jour, j'en avais avalé quatre et Weiguo six, sous l'œil stupéfait du cuisinier.

En effet, pendant la période de la récolte, le rationnement alimentaire était exceptionnellement supprimé.

On aurait dit que ces petits pains fondaient à une vitesse incroyable dans l'estomac. Mais, malgré une faim de loup, on expédiait le repas du midi et on se jetait sur le lit, sans même se laver. Lorsqu'on repartait à quatre heures, tout le monde avait l'air endormi et plus personne ne chantait.

Tout brûlait et faisait mal, les bras, les cuisses, le dos… Ma main droite était couverte d'ampoules, je l'enveloppai d'un mouchoir et continuai. Je ne devais pas être la seule à souffrir, car les filles à côté de moi avaient elles aussi un mouchoir enroulé autour de la main.

Dans l'espace formé par le blé, il faisait une chaleur étouffante. Je retroussai les manches de ma chemise mais les redescendis aussitôt, car les aiguilles d'épis me piquaient les bras, les boutons rouges qu'elles donnaient me démangeaient et m'énervaient. J'étais en retard, tout le monde était devant moi. Dans la hâte de les rattraper, ma faucille glissa et me coupa à l'index de la main gauche. Je poussai un cri mais me contins aussitôt, faisant signe à ceux qui se retournaient que ce n'était rien. Je détachai le mouchoir enroulé sur les ampoules de la main droite et en fis un pansement au doigt blessé. Les ampoules crevaient, le sang tachait le manche de la faucille.

Cette douleur n'était rien comparée à celle que subissaient mes reins et mes jambes. À force de travailler continuellement dans la même position courbée, mes reins me faisaient si mal que je ne pouvais plus me redresser. Je me mis à genoux, mon pantalon en coton fin fut vite troué, les genoux commencèrent à saigner. J'essayai alors d'avancer sur les fesses, mais ce n'était pas commode, je repris la position courbée… Nous changions de plus en plus souvent de posture mais le temps semblait figé, le champ de blé paraissait sans fin. Nous avions beau lever les yeux au ciel, le soleil était toujours aussi haut : on aurait dit qu'il faisait exprès de bouger lentement.

La nuit, hélas, était toujours trop courte.

Ce fut une joie lorsqu'on nous annonça, la récolte du blé terminée, que nous allions travailler dans la rizière. Il ferait sans doute plus frais les pieds dans l'eau !

C'était aussi plus amusant. Nous étions divisés en trois groupes et changions d'activité tous les jours.

Le premier jour, je fus envoyée à la pépinière. Assis sur un petit tabouret rectangulaire, les pieds dans l'eau, nous arrachions les plants hauts d'une douzaine de centimètres et les attachions en petites bottes avec une paille. Les bottes devaient être bien rangées en attendant d'être transportées à la rizière. Le travail n'était pas difficile, les mains s'activaient sans interruption mais il n'était pas interdit de parler. Les adultes semblaient avoir l'habitude de ce boulot ; ils se mirent à bavarder aussitôt installés sur leur tabouret.

— Docteur Zhou, s'adressaient-ils à un homme de mise grave, racontez-nous une histoire drôle !

— C'est votre tour aujourd'hui, répondit le docteur.

— Allons donc, nous savons tous que vous êtes le roi des blagues, vous en avez une réserve inépuisable !

Le docteur ne se fit pas prier longtemps.

— C'est une histoire vraie, commençait-il d'un ton posé, sans s'arrêter de travailler.

« Une jeune cadre célibataire est chargée du travail de planning familial dans un village. Lors d'un stage sur les méthodes contraceptives, elle explique aux paysans l'usage du préservatif : vous le prenez comme ça, vous soufflez d'abord pour vérifier s'il est bien étanche, puis vous le mettez de cette façon à cet endroit… Elle montre ce qu'il faut faire avec son pouce. Après le stage, un jeune paysan naïf apprend la méthode à sa femme : je mets ce truc à mon pouce, tu n'auras plus besoin de prendre les pilules. »

Tout le monde éclata de rire, sauf Docteur Zhou.

J'avais du mal à reconnaître en ce pince-sans-rire au visage hâlé l'homme que j'avais connu autrefois.

Docteur Zhou, médecin généraliste du dispensaire de notre résidence à Pékin, était la terreur des enfants. Non parce qu'il manipulait sans ménagement l'aiguille des seringues – nous avions passé depuis belle lurette l'âge de redouter ce genre d'instruments –, mais parce que son air sévère et méprisant nous intimidait. Avare de paroles, il répondait rarement aux questions qu'on lui posait sans afficher son impatience, et il ne plaisantait jamais. Derrière le verre glacial de ses lunettes, son visage osseux paraissait toujours si pâle et si triste, que même ses malades se faisaient du souci pour sa santé.

La veille au soir, à la cantine, le haut-parleur qui donnait des nouvelles intérieures à l'heure des repas avait diffusé un article qui chantait l'éloge de la rééducation. Il citait comme exemple la transformation du docteur Zhou, disant qu'il « s'était rapproché de la masse », et que « l'optimisme révolutionnaire donne une seconde jeunesse aux membres de l'école des cadres ».

Le temps passait vite dans les rires et les plaisanteries. C'était une matinée fort agréable mais, juste avant de rentrer, le chef du groupe vint contrôler notre travail. Il s'arrêta derrière moi.

—Qui a fait ça ? C'est toi, Lin ? demanda-t-il en ramassant une botte de plants.

Je confirmai en hochant la tête.

—Ça ne va pas, pas du tout, tu n'as pas enlevé les mauvaises herbes. On ne t'a pas expliqué ?

—Mais si, je l'ai fait.

—Je vois, dit-il en détachant la botte; tu as enlevé les acores qui sont bien visibles, mais le plus dangereux, ce sont celles-là.

Il prit une plante de la botte, qui à mes yeux n'était aucunement différente d'un plant de riz. Il la souleva et la montra à tout le monde.

—Regardez, c'est une herbe qui a le même aspect et la même couleur que le riz, mais le cercle ici est plus clair. Comparez-la donc avec ce plant de riz.

À l'endroit qu'il indiquait, c'est-à-dire au point de ramification de deux feuilles, un petit trait de quelques millimètres marquait chaque côté de la tige plate: il était vert pâle sur le riz, mais blanc sur l'herbe, connue sous le nom d'ivraie. J'admirai sincèrement l'érudition du chef, qui quelques mois auparavant travaillait encore au Centre de recherche philosophique.

—L'ivraie prolifère très vite, elle est particulièrement nuisible au rendement.

L'ancien professeur de philo essuyait comme un paysan la boue sur sa veste.

—Je vous demande donc de faire très attention... Le président Mao l'a bien dit, ceux qui s'éloignent du travail manuel sont plus ignorants que les paysans; ils sont incapables de distinguer l'ivraie du bon plant. Nous pouvons constater que c'est absolument vrai !

Je devins si vite une experte en la matière que mes amis m'appelaient au secours chaque fois qu'ils avaient un doute sur la nature d'une plante. Mais je n'eus pas longtemps à exercer mon talent. Le lendemain, je rejoignis le groupe chargé de transporter les plants à repiquer.

Ce jour-là, l'expérience du travail au lycée m'a bien servie. Sur le bord boueux et glissant de la rizière, je marchais pieds nus avec une stabilité admirable.

Arrivés à la rizière, nous devions lancer les bottes aux repiqueurs. Le travail exigeait un peu d'entraînement. Il fallait les faire parvenir à la bonne distance, ni trop près ni trop loin, de sorte que le repiqueur trouve une botte juste au moment d'épuiser la précédente. Au début, je ne lançais pas assez fort et obligeais le repiqueur à aller la chercher à reculons. Je redoublai alors d'efforts, et zou ! La botte allait si loin que le repiqueur devait remonter en piétinant le champ. Afin de bien doser mes forces, je balançai la botte à tour de bras avant de la lancer : la paille qui la liait lâcha en l'air, et les plants tombèrent dans l'eau comme un feu d'artifice...

Heureusement, la honte de cette journée fut lavée par ma performance du troisième jour. À la rizière, je pus enfin montrer combien j'étais adroite.

Debout dans l'eau, penchée en avant, la main gauche tenant une botte de plants, je prenais de la main droite quatre ou cinq plantes et les repiquais. Un, deux, trois, quatre..., six repiquages par rang, puis je reculais, recommençais un autre rang. J'étais souvent parmi les premiers arrivés au bout du terrain. D'abord mal alignés, mes plants repiqués formèrent bientôt six lignes droites. Le dos me faisait mal comme s'il allait se casser en deux, mais je tenais bon et me relevais le moins possible.

À mon exemple, Liping et Yanyan accéléraient aussi. Nous étions si fières d'épuiser tous les plants sur nos trajets et de pouvoir crier aux transporteurs : « Eh, dépêchez-vous, on n'a plus de ravitaillement ! »

Agacée par notre air triomphant, une jeune transporteuse réagit.

— Arrêtez de vous prendre pour des héroïnes, vous, les lycéennes ! Regardez, vous portez encore des bottes, comme des bourgeoises !

Nous nous tûmes. En effet, nous étions les seules à porter des bottes en caoutchouc.

La transporteuse, une de nos anciennes camarades d'école qui avait arrêté ses études, commença à nous approvisionner. Son bras accompagnant le léger dodelinement du buste faisait un joli cercle, d'un geste aussi sûr que celui d'un paysan expérimenté.

— Les paysans, eux, n'ont jamais eu de chaussures, dit-elle en jetant des plants juste derrière nos talons. Ils travaillent toujours pieds nus. Aussi, nous avons donné les nôtres aux élèves du village.

L'après-midi, Liping et Yanyan sont revenues à la rizière comme moi, pieds nus.

Dans cette région méridionale du bassin du fleuve Jaune, le sol était plutôt fertile mais la terre arable n'était pas suffisante pour nourrir une population dense. Heureusement, le climat assez chaud permettait de pratiquer deux récoltes par an. En ce mois de juin, le riz précoce était déjà en épiage, les plants que nous étions en train de repiquer seraient pour la moisson d'automne.

Le terrain réservé au riz tardif n'était pas d'aussi bonne qualité que la vraie rizière ; c'était un champ de blé transformé après sa récolte en terre aquatique. Au bout de seulement quelques jours d'irrigation, le sol n'était pas bien ramolli. Entre des morceaux de terre durs et glissants, les racines de blé mal retournées piquaient sans pitié les pieds nus.

Je sentis un picotement sur une jambe et la regardai. Trois grosses sangsues de couleur foncée s'y cramponnaient et remuaient la queue ! L'horreur me fit hurler. Mes camarades s'approchèrent. Certains disaient qu'il ne fallait pas les enlever en tirant, car elles pénétreraient encore plus profondément dans la peau. Cette perspective me donna le frisson. Yanyan frappa ma jambe pour les faire tomber ; le mollet devint rouge comme un jambon mais les bestioles ne bougeaient toujours pas. Finalement, Liping les prit doucement avec ses doigts, et les sangsues se détachèrent l'une après l'autre. À partir de ce jour, je ne quittai plus Liping dans la rizière.

La pluie tomba juste après la fin du repiquage. À peine avions-nous eu le temps de rentrer les grains de blé séchés sur l'aire de battage que de grosses gouttes frappèrent les toits comme des tambours. L'orage dura quelques heures, puis se transforma en pluie discontinue. On nous accorda quelques jours de congé. Je partis avec ma sœur au village pour voir ma mère.

Chez les Wu où elle logeait, tout le monde était à la maison. J'étais heureuse de revoir Sanmao. Elle avait grandi, le chemisier aux fleurs mauves qu'elle portait était ravissant.

—C'est ta maman qui m'a offert ce tissu, me dit-elle ; je l'ai cousu moi-même à la main. Maman a si bien calculé à la coupe qu'on a réussi à faire en plus un gilet à Simao.

Simao, sa petite sœur, leva la tête qu'elle penchait au-dessus du feu et sourit : son gilet sans manches était très court et tombait juste à sa taille menue. J'avais la curieuse impression que son sourire était un peu triste ; il me sembla même apercevoir de l'humidité dans ses yeux. Peut-être à cause des feuilles de maïs qui brûlaient sous la poêle ?

À midi, on mangea des nouilles faites avec de la farine du blé nouveau. Son odeur fraîche et parfumée réveillant notre appétit, nous vidâmes le bol en un rien de temps. Madame Wu remplit à nouveau nos bols, à ma sœur et à moi, puis servit son mari et son fils. Dans la grande poêle, il ne restait plus que du bouillon. Sanmao y ajouta de la farine de maïs, des herbes sauvages, et le partagea avec ses sœurs. Je m'arrêtai de manger.

— Comment se fait-il que vous soyez déjà à court de céréales ? les récoltes viennent d'être distribuées !

Le père de Sanmao poussa un soupir.

Il avait vendu une partie de la récolte pour rembourser ses dettes. En plus, la sœur aînée de Sanmao venait d'avoir un bébé, et comme elle n'avait pas pu travailler pendant les dernières semaines de sa grossesse, le jeune couple n'avait reçu que très peu de blé, et il avait demandé aux parents de leur en prêter quelques sacs.

— La récolte n'était pas mauvaise, mais nous devons donner plus à l'État, ce qui nous laisse bien moins que les autres années…

— Pourquoi devez-vous donner plus à l'État ?

Selon le système fiscal appliqué à l'agriculture, chaque commune devait remettre à l'État une partie de sa production en guise d'impôts. Cela, je le savais, mais le quota était fixé en fonction des rendements, après avoir laissé suffisamment aux paysans pour la nourriture et la reproduction.

—Les chefs ont annoncé de faux chiffres, dit le vieux Wu, jetant un coup d'œil à ma mère; 6750 kilos par hectare au lieu de 4500. Avec cinquante pour cent de plus que les chiffres réels, nos rendements passent en tête dans le district. Notre commune est citée comme exemple de l'essor réalisé grâce à la campagne politique… Hélas, le quota d'impôts est calculé selon les chiffres truqués.

—Comment pouvez-vous laisser faire ça?

Je regardais tour à tour les Wu et ma mère, qui mangeait son bouillon sans broncher.

—Maman, comment peux-tu laisser faire une chose pareille? C'est de la supercherie! Tu connais la vérité, tu es ici pour aider le village, tu…

—Ne me dis pas ce que je devrais faire, m'interrompit ma mère, tu es trop jeune pour comprendre!

—L'âge n'a rien à voir là-dedans – je me révoltai – d'ailleurs, pas besoin d'être vieux pour comprendre! Tu ne peux tout de même pas dire qu'ils ont raison de tricher sur les chiffres des rendements!

—Madame Zhu, intervint Wu, je pense que votre fille est assez grande pour connaître la vérité.

Ma mère ne disant rien pour l'empêcher, le vieux paysan me raconta.

À la réunion du village, ma mère avait contesté cette méthode, mais les chefs décidèrent d'obéir aux ordres. Après la réunion, ma mère avait écrit une lettre au comité du parti de la commune, expliquant que cette mesure mettrait en difficulté la vie des paysans. Le comité accusa ma mère de « s'opposer à l'enthousiasme de la masse révolutionnaire pour augmenter sa contribution à l'État ». Un membre du comité était venu spécialement au village pour la convaincre de renoncer à écrire au comité supérieur. Il lui avait donné un avertissement : « Vous êtes ici pour recevoir la rééducation, pas pour la donner. Sachez que nous sommes en train de rédiger le rapport de votre séjour au village, faites donc bien attention à ce que vous dites ! »

Tout le monde se tut. Ma sœur quitta silencieusement la table pour aller jouer avec Grand-Jaune. Elle était souvent venue ces derniers temps, et le gros chien de la maison était devenu son copain.

Au bout d'un moment, elle revint et demanda :

— Mais où est donc Grand-Jaune ? Je ne le vois nulle part !

Simao pleura. Le vieux Wu soupira de nouveau.

Sa fille aînée, qui venait d'accoucher, était de santé fragile et avait besoin d'aliments nourrissants. Dans la famille il ne restait plus que deux poules, un cochon et Grand-Jaune. Le cochon était encore petit, c'était trop dommage de le tuer maintenant alors qu'il vaudrait trois fois plus dans deux mois. Les poules, c'était leur unique source d'argent, la famille comptait sur la vente des œufs pour acheter tout ce dont la maison avait besoin : du sel, du savon, du papier, des aiguilles et du fil à coudre… Alors, il avait fallu sacrifier le chien.

Nous remerciâmes madame Wu qui voulait nous retenir pour le dîner, et maman nous accompagna à la sortie du village.

Après la pluie, la grande rue devenait un cloaque qui dégageait une forte odeur. Nos bottines de caoutchouc glissaient dans un mélange jaune-noir d'argile et de gadoue. Des paysans se précipitaient pour rejoindre le chemin qui menait à Luoshan, la ville du district. Les pieds nus, les roues de vélo et de tricycle s'enfonçaient dans la rue, en ressortaient et nous dépassaient.

Sur le chemin je me retournai. Le village à peine distinct paraissait écrasé entre les nuages gris à l'horizon et la terre sombre.

La verdure des collines et des champs diminuait de jour en jour, seules les plantes de l'arrière-saison poussaient. Après le sarclage et le désherbage, les travaux de la rizière diminuèrent. On nous accorda le dimanche comme jour de repos.

Un samedi, Yanyan nous proposa, à Liping et à moi, de l'accompagner à Luoshan. « Nous irons faire les magasins. » Nous acceptâmes avec joie.

Le lendemain matin, nous empruntâmes chacune un vélo et partîmes après le repas.

La ville de Luoshan se trouvait à cinq kilomètres de la ferme. À mi-chemin, il y avait un étang que nous appelions l'étang des Canards. Nous nous y arrêtions chaque fois que nous allions en ville. En cette saison, les nénuphars étaient en fleurs, des canards nageaient entre les fleurs roses, jaunes et blanches, et chassaient les poissons.

Je jetai mon vélo, m'allongeai au bord de l'eau; Liping s'apprêta à se baigner, mais Yanyan restait debout.

—Je vous laisse continuer jusqu'à la ville, dit-elle sur son vélo. Vous me retrouverez ici à midi, et on rentrera ensemble.

—Qu'est-ce que tu vas faire ? demandai-je, cessant d'admirer les nénuphars.

—Je vais faire un tour à l'étable.

Je regardai Liping: elle s'arrêta de nager.

L'étable se trouvait à deux pas de l'étang; la ferme y élevait ses chevaux, ses mules, ses bœufs, ses vaches et ses buffles. Depuis que l'école des cadres s'était installée, les éleveurs y étaient envoyés pour une période de trois à six mois, la plupart d'entre eux étant des cadres mis en cause dans les campagnes politiques. On les affectait à cet endroit isolé pour qu'ils se confessent ou qu'ils purgent leurs crimes. Sans permission, ils n'avaient pas le droit de sortir.

À l'école des cadres, tout le monde comprenait le sous-entendu de l'expression « être à l'étable ».

La mère de Yanyan était là depuis deux mois et demi. Yanyan ne l'avait pas encore vue depuis qu'elle était rentrée pour les vacances. La visite était autorisée, mais son père la lui avait interdite.

Yanyan avait l'air décidé.

—Nous nous retrouverons ici à midi, répéta-t-elle. Je peux compter sur vous pour ne rien dire à mon père, n'est-ce pas ?

Elle enfourcha son vélo et disparut derrière les peupliers qui menaient à l'entrée de l'étable.

Son père finit par apprendre son initiative secrète : le surveillant de l'étable avait le devoir de signaler au comité du parti toute visite. Yanyan eut une violente dispute avec lui.

Avant la fin de nos vacances, Weiguo, lui aussi, rendit visite à son père. Il avait demandé la permission avant d'aller à l'étable.

Il avait pris cette décision après avoir relu plusieurs fois la *Sélection des Œuvres du président Mao* et longuement réfléchi. Il en avait également parlé à sa mère, qui avait récemment quitté son école des cadres dans la province voisine pour venir rejoindre sa famille.

—S'il est innocent, dit-il à sa mère lorsqu'un soir nous venions la voir, l'organisation du parti finira par élucider les faits et lui rendre justice ; mais s'il a commis des erreurs, il doit avoir le courage de les reconnaître. Notre parti et le peuple ne sauraient rejeter un camarade.

Loin d'être aussi optimiste, sa mère se contentait de dire :

— Crois-tu que les choses soient aussi simples ?

Ce soir-là, les parents de Liping étaient venus aussi. Ils étaient amis de longue date du général. La mère de Liping apporta à Weiguo une gamelle.

— Tenez, c'est un ragoût de chien, le plat préféré de ton père. La maison de l'étable est très humide, cette viande lui fera du bien.

La viande, c'était moi qui l'avais donnée à la maman de Liping.

Au moment de quitter ma mère, la dernière fois, les Wu avaient insisté pour que j'emporte une cuisse de chien. Le vieux paysan disait que de toute façon ses enfants ne mangeraient pas cette viande, et ce serait du gâchis. Mais ni moi ni ma sœur ne pouvions en manger non plus, malgré la réputation succulente du ragoût de chien.

Toutefois, après sa visite à l'étable, Weiguo semblait moins sûr de lui. Il avait essayé de faire partager à son père sa propre conviction, de le persuader de faire confiance au parti communiste et à la masse révolutionnaire, mais son père ne répondait pas, le regardait fixement dans les yeux.

— Dis-moi, dit-il après avoir écouté longuement son fils, et s'ils décident que je suis un ennemi du parti communiste ?

— Mais…

— Je ne nie pas les propos que j'ai exprimés il y a vingt ans, mais jamais je n'admettrai avoir trahi la révolution. Qui croiras-tu alors, moi ou la masse révolutionnaire ?

Le général n'exigeait pas de réponse de son fils. Il avait l'air un peu las, et lui conseilla seulement de faire ce qui lui semblait juste. « Dans les circonstances actuelles, conclut-il, il vaut peut-être mieux que tu prennes tes distances avec moi : je ne t'en voudrai pas. Tu peux transmettre le même message à ta mère. »

En nous répétant ces paroles, Weiguo avait l'air un peu perplexe.

VII

La rentrée nous plongea dans une ambiance d'étude sans précédent. Dès la réunion du premier jour, Chen donna le ton. La nouvelle année scolaire devrait apporter la preuve du progrès attendu après la campagne politique.

Il s'adressait en particulier à nous, élèves des classes terminales: « Conjuguons nos efforts pour la réussite aux examens de fin d'études ! »

Le taux d'obtention du certificat d'études secondaires avait toujours été considéré comme le premier critère de la qualité d'enseignement d'un lycée. Nous comprenions d'autant plus notre directeur que de ce résultat dépendait une partie du budget de l'école. Dans le passé, notre lycée avait partagé avec celui du chef-lieu les deux première places, mais sa position reculait ces dernières années, car de moins en moins de professeurs voulaient s'installer dans ce trou, toujours sans chemin de fer, sans commerces et sans cinéma.

—Nous avons les meilleurs professeurs cette année, déclara Chen, confiant.

Il faisait allusion à monsieur Wang, notre prof de maths, et à sa femme, notre nouveau professeur d'histoire-géo, qui venait de soutenir brillamment son mémoire de maîtrise.

Chen nous présenta aussi deux autres personnes. Un jeune homme diplômé de l'université de Pékin inaugurerait le cours de chinois ancien, et une jeune femme, sa fiancée, serait assistante au secrétariat de la Ligue de la jeunesse communiste.

J'avais ma petite idée sur le vrai motif qui les avait fait venir à la montagne de Jade. Mon intuition ne s'était pas trompée. Nous apprîmes bientôt que le jeune homme était le fils d'un riche industriel de Shanghai. Les biens de son père ayant été saisis à l'arrivée des communistes en 1949, sa famille avait vécu jusqu'à la Révolution culturelle sur les intérêts du capital confisqué, accordé par le gouvernement selon la politique de l'époque. Mais ces revenus furent supprimés : un pays socialiste ne devait pas permettre aux parasites de vivre aux dépens du peuple. Le fils du capitaliste s'était porté volontaire pour travailler dans une région pauvre. Sa fiancée l'avait suivi par amour, sans attendre la fin de ses études à l'université.

Tout le monde applaudit quand Chen s'enthousiasma en parlant des « meilleurs professeurs » ; personne ne fit remarquer que ceux-ci désignaient de « mauvais éléments » d'origine peu glorieuse. En tout cas nous aurions toutes les raisons de nous en féliciter : ils furent en effet les meilleurs profs que j'aie jamais eus.

Pour atteindre l'objectif fixé, Chen employa les grands moyens. Nos heures de travail au champ étaient diminuées. Pendant la moisson d'automne, les cours n'étaient plus supprimés, mais simplement déplacés. L'éclairage à l'électricité était prolongé jusqu'à onze heures du soir. Chen venait souvent nous voir dans les salles aux heures d'exercices individuels.

Notre nouveau prof de chinois se passionnait pour la poésie classique ; il en composait lui-même. Avant le Nouvel An, il organisa un concours de poèmes, nous demanda à tous d'en écrire et projetait de décorer les murs du lycée avec nos chefs-d'œuvre.

Je passai des heures à trouver une idée originale, une césure ou une rime parfaite, conformément à ce que disaient les lettrés d'antan : « On ne meurt pas sans regret, à moins d'avoir produit un vers sublime. »

Fengwen était encore dix fois plus scrupuleuse et concentrée. Assise derrière moi, elle ne faisait aucun bruit. Je me retournai après avoir enfin pondu une strophe : la feuille sur son pupitre était encore blanche.

— Toujours à la recherche d'un vers sublime ? lui demandai-je. Il est tard, il faut aller se coucher !

Fengwen sembla surprise. Elle rangea sans un mot ses affaires et me suivit.

Je lui parlai de mon poème, elle répondit gentiment, mais je la sentis distraite. Ses longues réflexions sans une ligne écrite avaient-elles vraiment un rapport avec la poésie ?

Elle avait maigri depuis les vacances, son visage bruni au soleil portait des traces de fatigue.

Pendant l'été, sa mère était tombée malade. C'était donc Fengwen qui faisait tout à la maison après le travail aux champs. Elle devait préparer les trois repas, laver et raccommoder les vêtements de tout le monde, donner à manger aux cochons et à la volaille, nettoyer la porcherie et la basse-cour… Pourtant, elle n'était pas du genre à se plaindre du travail. Y avait-il autre chose ?

— Mais non, tout va bien, vraiment ! elle me sourit. Je me demande seulement si je suis faite pour être écrivain.

Son regard évasif ne me rassura pas. Je voulus la questionner davantage, mais Fengwen me tira par la manche, me faisant signe de prendre une autre allée.

Dans l'ombre de la haie de cyprès, nous venions d'apercevoir Yuling et Tian se promenant ensemble.

La dernière année du lycée donnait l'impression que tout s'accélérait. Nous réalisions tout à coup que le temps qui restait était si court, qu'il y avait mille choses à faire. Les examens, le futur travail, le statut politique – si on ne devenait pas membre de la Ligue de la jeunesse communiste, le débouché serait plus incertain et il faudrait renouveler tous ses efforts à la nouvelle affectation. Sans parler de la vie sentimentale… Tout entrait si brutalement dans leurs préoccupations que les lycéens respectaient avec moins de rigueur la discipline ; Chen lui-même fermait un œil.

Ces derniers temps, l'école encourageait une pratique qui avait eu du succès à Pékin : deux personnes formaient une sorte de partenariat, pour s'entraider mutuellement à élever la conscience politique et le résultat des études. Rien ne pouvait convenir mieux aux amoureux qui trouvaient là un prétexte idéal pour être ensemble, même s'ils s'en tenaient strictement à une relation platonique.

Depuis la rentrée, Yanyan et Weiguo s'étaient beaucoup rapprochés. Weiguo aurait préféré comme partenaire un garçon de la campagne, mais il voulut aider Yanyan qui était très affectée par l'accusation portée contre sa mère.

Avant la fin des vacances, Yanyan s'était pour sa part réconciliée avec son père. Elle lui promit de ne plus aller à l'étable sans lui en parler auparavant, mais ne se décidait pas encore à couper les liens avec sa mère.

Weiguo étudiait avec elle les textes de Marx, de Lénine et de Mao ; il lui offrit même un cahier pour prendre des notes. À la première page il avait recopié à son intention une citation du président :

« La révolution n'est pas un dîner de gala ; elle ne se fait pas comme une œuvre littéraire, un dessin ou une broderie ; elle ne peut s'accomplir avec autant d'élégance, de tranquillité et de délicatesse, ou avec autant de douceur, d'amabilité, de courtoisie, de retenue et de générosité d'âme. La révolution, c'est un soulèvement, un acte de violence par lequel une classe en renverse une autre. »

Plus que ses analyses, la conviction dont il faisait preuve avait une influence visible sur Yanyan. Elle commençait à se demander si elle n'avait pas laissé son « sentiment de la petite bourgeoisie » l'emporter sur le sentiment de classe.

Weiguo n'avait pas revu son père, mais il lui écrivait souvent. Dans ses lettres, il parlait beaucoup de ses réflexions sur la théorie marxiste-léniniste. Il écrivait aussi à sa mère, qui éprouvait quelque amertume de voir son mari mis au ban : « Quelle que soit la conclusion de sa mise en examen, nous devrions accepter l'épreuve du mouvement de masse. »

Je le trouvais un peu trop dur avec ses parents, mais Yanyan n'était pas de mon avis.

—Ce n'est pas facile pour lui non plus, tu sais. Il a lutté durement pour admettre que son père avait commis des erreurs. Mais comment veux-tu qu'il doute de la campagne lancée et dirigée par le président Mao ? Il aura sûrement beaucoup de peine si son père persiste à renier ses fautes, car il sera obligé de choisir son camp…

Elle avait les larmes aux yeux.

Yanyan pensait sans doute à sa mère. Je ne pus m'empêcher de penser à la mienne, qui termina son séjour au village avec un excellent rapport délivré par le comité du parti de la commune.

Depuis la fin des vacances, Yanyan rentrait rarement chez son père; pendant le week-end elle préférait rester à l'école.

—Ne vous inquiétez pas pour moi, disait-elle lorsque nous lui proposions de rester avec elle; je vais bien, et d'ailleurs je ne suis pas seule.

Weiguo non plus ne rentrait pas à la maison. Le dimanche, ils étudiaient tous les deux ensemble, puis mangeaient à la cantine. De temps en temps, Yanyan faisait cuire sur notre petit réchaud électrique une soupe de nouilles qu'elle partageait avec Weiguo. Parfois, ils étaient invités chez monsieur et madame Wang.

Les Wang habitaient maintenant notre ancien «petit foyer». Après leur emménagement, ils nous avaient invités, avec notre nouveau prof de chinois ancien et sa fiancée, pour fêter l'événement.

La grande pièce était aménagée en deux parties, séparées au milieu par un joli paravent. La peinture ancienne qui l'avait décoré était remplacée par du papier couvert de caractères à l'encre noire. Comme j'essayais de déchiffrer le contenu de cette curieuse décoration, Wang nous expliqua avec bonne humeur:

—Ce sont des extraits de dazibao, plutôt bien calligraphiés, vous ne trouvez pas? Tenez, dans celui-ci, on devine une certaine affinité avec le style Petit Sceau de la dynastie des Han.

Son jugement fut contesté par le jeune prof de chinois, qui trouvait d'ailleurs le Petit Sceau trop méticuleux; il préférait les caractères cursifs.

—Celui-là, proche du style Herbe des Qing, est plus émotif et plus puissant, il reflète mieux l'esprit de révolte !

Madame Wang nous apporta du thé et intervint en souriant.

—À vous entendre, ces affiches sont vraiment plus précieuses que les vieilleries féodales !

Elle faisait allusion à la peinture ancienne qu'ils avaient enlevée. Comme beaucoup de gens qui possédaient des œuvres d'art à cette époque, les Wang les avaient soigneusement rangées au fond d'un placard.

—C'est décoratif, non ? dit Wang en admirant les affiches. En tout cas, vous êtes tous témoins que j'étudie jour et nuit les critiques de la masse ; cela me donne des idées pour confesser mes crimes.

Un dimanche soir, alors que nous revenions de chez les parents, Yanyan discutait avec quelques filles au dortoir. Elle était toute rouge.

—Mais c'est pas du tout ce que vous croyez...

Les autres riaient d'un air malicieux, montrant de leur regard taquin les vêtements étalés sur la corde à sécher le linge.

—Yanyan lave les vêtements de Weiguo !

—Ne racontez pas n'importe quoi !

Yanyan se précipita pour enlever les affaires qui n'étaient pas encore tout à fait sèches.

—Je l'ai fait seulement pour le remercier. Cet après-midi, je voulais me laver les cheveux, il a pris mon seau et m'a apporté de l'eau de l'étang, c'est tout ! Qu'y a-t-il de si particulier ? Ce n'est pas la première fois qu'un garçon rend service à une fille, non ?

Les filles n'écoutaient pas son explication. Orchestrées par Yuling, elles chantaient en chœur :

—Yanyan lave les vêtements de Weiguo…

Ce soir-là, Fengwen n'est pas rentrée à l'école. Elle n'est revenue que le lundi matin, juste à temps pour le premier cours. Je lui fis un signe, elle me répondit d'une main sans lever la tête, mais j'aperçus ses yeux rougis et gonflés.

Pendant toute la matinée, elle m'évita ; je finis par l'attraper dans la queue devant la cantine.

—Dis-moi, qu'est-ce qui ne va pas ?

—Mais rien, tout va bien.

—Ne mens pas, j'ai vu tes yeux ce matin.

Elle m'avoua alors qu'elle avait eu une dispute avec son père.

—À quel sujet ?

—Ce n'est pas grave, dit-elle sans répondre à ma question.

Voyant mon air incrédule, elle s'empressa d'ajouter dans un sourire :

—Mais c'est déjà fini, je t'assure !

Après le Nouvel An, le district organisa un tournoi intercommunal de tennis de table. Je fus sélectionnée, avec Liping et les jumeaux, pour représenter le lycée.

Chen qui venait assister à notre entraînement avait l'air ravi.

—Nous n'avons jamais remporté aucun prix aux compétitions sportives. Le sport, vous savez, ce n'est pas notre point fort, on manque de matériel, nos élèves ne s'y intéressent pas assez… Cette fois-ci, à vous de jouer, les petits Pékinois !

Il nous promit avec générosité une indemnité de repas de trois mao par jour pendant la durée de la compétition.

Le tournoi eut lieu vers le début du printemps, au chef-lieu du district, Luoshan. Grâce aux performances des jumeaux, anciens membres du club de ping-pong du quartier ouest de Pékin, nous avons obtenu la troisième place et remporté un drapeau rouge sur lequel le nom du lycée était brodé avec de la soie. Chacun de nous gagna un gobelet, une serviette et un stylo à bille.

La veille de notre retour, nous allâmes fêter notre victoire dans un restaurant. La cantine de Luoshan était bonne et pas chère, nous avions tous plus ou moins économisé sur nos indemnités de repas, et ce fut un plaisir de faire quelques magasins avant de quitter la ville.

J'achetai un très beau cahier. Sur la couverture en satin bleu, une phrase célèbre du président Mao était calligraphiée en couleur dorée : « Servir le peuple. »

Je décidai de l'offrir, avec le stylo à bille, à Fengwen.

Mais à notre retour, Fengwen fut introuvable. Je la cherchai partout : elle n'était ni dans la chambre, ni à la bibliothèque, et ne venait plus au cours. J'interrogeai tous nos camarades ; personne n'était capable de me donner une explication claire. Tout ce qu'ils pouvaient dire, c'est qu'elle n'était pas revenue après qu'elle était rentrée à la maison le samedi précédent.

Était-elle malade ? Elle aurait sûrement fait parvenir une demande d'absence. Depuis que je la connaissais, elle n'avait jamais manqué un seul cours.

Liping proposa d'aller voir Chen. Lui, il devait connaître la vérité.

En effet, Chen avait reçu une lettre apportée par un élève du même village. La lettre, écrite de la main de Fengwen mais dictée par son père, informait le directeur que Fengwen devait interrompre ses études pour des raisons familiales. Sans donner d'autres explications, la lettre consacrait de longues lignes à remercier l'école et les professeurs.

Interrompre ses études ? À trois mois seulement du diplôme ? Son père était vraiment un paysan borné ! Je me sentais révoltée. Pas question de le laisser faire !

—Ce n'est certainement pas le souhait de Fengwen, j'en suis sûre, dis-je à Chen. Vous devriez empêcher cela, Monsieur le directeur !

—Il arrive souvent que, pour une raison ou une autre, les parents ne puissent plus envoyer leurs enfants à l'école, me répondit le directeur. Ce genre de situation n'est pas rare chez nous, hélas ! Je connais les parents de Fengwen, c'est déjà presque un miracle qu'elle ait pu venir à l'école jusqu'à maintenant; sa famille a dû faire beaucoup de sacrifices.

—Alors, pourquoi ne pas la laisser aller jusqu'au bout ? Ce serait vraiment trop dommage d'abandonner maintenant ! Vous devez faire quelque chose !

—Je le regrette de tout mon cœur, car Fengwen est une très bonne élève. Mais vous savez, j'en ai vu d'autres dans ma carrière. Vous, les Pékinois, vous ne vous rendez pas compte de la misère de certaines familles paysannes. Comment leur demander de continuer à payer les études des enfants quand toute la famille doit se serrer la ceinture ?

—Fengwen voulait devenir institutrice…

—Je sais. Mais que voulez-vous ? Ses parents doivent avoir des raisons sérieuses.

D'un geste las, Chen fit comprendre qu'il était inutile de continuer cette conversation.

Quelles que soient ces raisons, ils vont devoir attendre quelques mois ! Fengwen ne se pliera pas à la décision de ses parents.

Persuadée que je pourrai la faire changer d'avis, je décidai d'aller voir Fengwen chez elle. Mes amis approuvèrent cette idée. Oui, nous essaierions ensemble de convaincre son père : la situation n'était pas encore désespérée.

Samedi après-midi, nous partîmes après le dernier cours.

Le village des Deux-Ormes se trouvait seulement à quelques kilomètres, et il faisait encore jour lorsque nous y arrivâmes.

D'après les indications d'un vieux paysan rencontré dans la rue, nous trouvâmes la petite maison de terre battue à l'extrémité sud de la rue principale. Dans la cour, des cochons et des poules se promenaient ; toutes les portes étaient ouvertes.

Le père et le frère étaient encore au champ. Fengwen était seule devant le fourneau. Elle faisait cuire la nourriture des cochons, une odeur chaude et acide se répandait dans la maison.

En entendant le chien aboyer, elle sortit, surprise, et nous invita à entrer. D'une chambre à l'intérieur, sa mère l'interrogea et ordonna à Fengwen de nous offrir du thé.

—Maman est malade, nous expliqua Fengwen en mettant le contenu de la marmite dans un sceau en bois.

Elle le porta à la cour, versa les aliments fumants dans une mangeoire et appela les cochons. Pendant ce temps nous examinions la maison.

C'était une bâtisse courante dans la région, une maison de terre battue tout en longueur qui se séparait en trois parties. La pièce centrale servait à la fois de salon, de salle à manger et de cuisine, et les cochons s'y promenaient librement, comme tout membre de la famille. Les deux pièces latérales étaient visiblement des chambres.

La maison était modeste, mais très propre. Il n'y avait pas d'autres meubles à part une table carrée en orme ; quelques caisses et paniers en bambou s'assemblaient dans un coin, à côté d'un métier à tisser.

— Il y a un petit débarras dans la cour, dit Fengwen, indiquant une cahute à côté des briques d'argile et du bois. Mon frère dort là pour l'instant, mais on est en train de l'agrandir car il va bientôt se marier.

Nous lui parlâmes du but de notre visite, espérant la convaincre de revenir au lycée ; elle répondit que c'était impossible. On en demanda la raison, elle se contenta de secouer la tête. Son silence obstiné m'agaçait.

— T'es vraiment une imbécile ! j'élevai la voix. As-tu déjà oublié ce que tu m'as dit, à propos de tes rêves ? Dans moins de trois mois seulement tu auras ton diplôme ! Si ta famille a des difficultés, nous pouvons tous t'aider.

Fengwen servit le thé sans répondre, mais sa main tremblait. La buée de l'eau montait sur son visage, humidifiait ses yeux.

Sa mère, qui avait entendu notre discussion, sortit de sa chambre.

— Ce n'est pas sa faute, soupira-t-elle en regardant sa fille. Fengwen ne demande qu'à retourner à l'école, mais notre fils va bientôt se marier, et Fengwen doit se marier aussi.

— Quoi ? Tu arrêtes tes études pour te marier ?

J'étais de plus en plus surprise.

— Ce n'est pas elle qui veut, continua sa mère, mais nous devons tenir nos paroles pour la double alliance !

— Qu'est-ce que c'est, la double alliance ?

Yuling nous donna l'explication. C'était une coutume d'ici, une sorte de contrat entre deux familles. Le mariage traditionnel coûtait cher, notamment à la famille du garçon. Elle devait non seulement préparer la chambre et les meubles des nouveaux mariés, mais aussi offrir à la mariée une dot comprenant des vêtements, un vélo, une montre, une radio ou une machine à coudre... Parfois il fallait même offrir de l'argent à la belle-famille, comme une sorte de compensation aux parents qui avaient élevé leur fille. Profitant de cette coutume, certains parents de la mariée voulaient obtenir le maximum, surtout quand ils avaient aussi un fils à marier, car les épousailles de celui-ci leur coûteraient aussi cher.

— Mais toutes ces choses, combien de familles peuvent les payer ? demandai-je.

— Et s'il ne peut pas payer, le garçon ne se mariera jamais ? Liping était aussi stupéfaite que moi.

— C'est bien pour ça que les gens ont inventé la double alliance, dit Yuling. Entre deux familles qui ont chacune un garçon et une fille à marier, on échange les filles, qui vont vivre respectivement dans leur belle-famille. Ainsi, les deux familles échangent leurs filles au lieu d'offrir la dot et l'argent : cela coûte moins cher.

— C'est ahurissant ! cria Yanyan. Fengwen, tu ne dois pas te laisser traiter comme une marchandise !

— Que puis-je faire ? dit Fengwen. Mon frère va avoir vingt-six ans, il a déjà attendu trop longtemps.

— Pourquoi ne pas attendre encore un peu ?

Fengwen eut l'air d'hésiter : elle regarda sa mère avant de répondre.

— Eh bien, ma future belle-sœur... attend un enfant.

Elle parlait doucement, la tête baissée. Mais ces mots presque chuchotés nous frappèrent. Tout le monde savait ce qu'ils voulaient dire. Une fille enceinte avant le mariage serait déshonorée pour la vie, elle serait traitée comme une femme perdue que personne ne voudrait pour épouse mais dont tous les hommes pourraient se servir; l'auteur de sa grossesse, lui, risquait d'aller en prison.

Dans le silence, la maman de Fengwen se leva.

—Je vous remercie d'être venus, mais vous savez, diplôme ou pas, pour une fille, ce n'est pas très important. Je suis malade, je ne vivrai peut-être plus très longtemps. Mon plus grand désir, c'est de prendre mon petit-fils dans mes bras...

Yuling s'approcha de Fengwen, lui demanda tout bas:

—Ce garçon, tu l'aimes, au moins?

—Nos deux familles sont amies depuis que nous sommes tout petits, dit Fengwen en rougissant.

Avant de la quitter, je donnai à Fengwen le cahier et le stylo. Elle commença par les refuser, mais j'insistai.

—Tu n'as plus le choix, lui dis-je en retenant mes larmes; maintenant, tu es obligée de devenir écrivain.

C'était un soir de la pleine lune. La lumière pâle éclairait tristement le chemin. Nous marchions dans le silence. Derrière nous, le village sans lumière se laissait engloutir peu à peu par la nuit.

À dix minutes de l'arrivée, Yuling et Tian ralentirent en discutant derrière nous. Ils s'arrêtèrent près de l'étang vert.

—Allez-y d'abord, nous rentrerons un peu plus tard.

—Si vous êtes fatigués, dit l'un des jumeaux, on va tous faire une pause et on repart ensemble. La nuit tombe...

Je lui fis signe de ne pas insister ; il comprit et tira la langue.

Les amours de Yuling et Tian n'étaient plus un secret pour personne. Ils passaient de plus en plus de temps ensemble. Nous les comprenions très bien, surtout qu'ils allaient peut-être se séparer pour un bon bout de temps.

À deux mois des grands examens, les rumeurs à propos des débouchés couraient déjà. Nous, les résidents de Pékin, n'étions pas concernés, car nous rentrerions sans doute à la capitale pour nos affectations.

La plupart des élèves de la montagne de Jade retourneraient dans leur village. Certains d'entre eux auraient la chance d'être embauchés pour un poste au bourg, dans un établissement administratif de la commune ; ils deviendraient alors salariés. La seule chance de quitter la région, c'était d'être enrôlé par l'armée.

On apprit que les recruteurs de cette année étaient déjà arrivés.

À cette époque, devenir un soldat était le vœu le plus cher de tous les jeunes gens. C'était un grand honneur pour celui qui était choisi, mais aussi pour toute sa famille et son village. Le nombre de candidats était si élevé que la sélection devenait très exigeante.

D'après les rumeurs, les officiers recruteraient cette année cinq jeunes hommes dans la commune, dont deux parmi les diplômés du lycée.

Dans nos classes, tous les garçons espéraient avoir leur chance, mais quelques-uns, comme Tian et Weiguo, semblaient mieux placés que d'autres.

Tian était le fils cadet d'une famille de paysans, son père était le secrétaire du parti de son village. Ses résultats scolaires n'étaient pas des meilleurs mais il arrivait toujours avoir la moyenne, même s'il fallait passer par le rattrapage. Ce qui ne gâtait rien, c'était son statut de premier chanteur de l'équipe artistique, une qualité souvent recherchée par les compagnies de l'armée, qui devaient toutes renforcer leur propre équipe artistique de la propagande de la pensée de Mao.

Comparées à celles de Tian, les conditions politiques de la famille de Weiguo n'étaient pas aussi avantageuses, mais les dirigeants de la commune avaient l'intention de montrer à travers lui un exemple de rééducation réussie d'un enfant « transformable ». Au lycée, personne ne contestait le mérite de Weiguo. Il exigeait beaucoup d'efforts de lui-même. Cette année, il était devenu le premier de la classe en travail manuel. Chen l'avait nommé chef d'une équipe de travail à la briqueterie.

Si Tian partait, Yuling aurait sans doute du chagrin, mais elle serait très fière et le souhaitait de tout son cœur. Devenir la femme d'un militaire était un grand bonheur, sans parler d'autres changements, loin d'être négligeables : sa solde ne serait pas grande mais sa vie serait prise en charge ; et surtout, quand il aurait fini son service, Tian serait un salarié qui mangerait à vie du « riz acheté » !

VII

Le temps devint de plus en plus chaud.

Le blé précoce dorait de jour en jour, le vent pénétrait dans la cour, la remplissait de cette odeur enivrante de grains de céréales embaumés par le soleil. C'était le parfum de l'été.

La cour de l'école était très calme. Les bruits de l'animation habituelle avaient disparu, on y entendait le murmure des bouleaux et des peupliers. Des cigales stridulaient inlassablement dans les arbres.

La plupart des classes étaient dans les champs ; seules les classes terminales étudiaient encore.

Les examens approchaient.

Sous l'œil vigilant des directeurs et des professeurs, notre vie se réglait selon une discipline quasi militaire.

Le matin, à la première sonnerie, tout le monde se levait. Course à pied, gymnastique dans le préau, toilette à l'eau froide, puis étude du matin. Généralement, nous profitions de cette heure matinale pour réciter les textes à retenir par cœur. Après tout ça seulement, le bouillon de riz était servi à la cantine.

Tous les jours, les cours duraient jusqu'à quatre heures de l'après-midi ; le reste de la journée était employé aux devoirs, exercices et lectures. Les professeurs venaient régulièrement dans les salles pour répondre aux questions ou pour guider notre travail. L'équipe artistique avait suspendu ses répétitions.

Notre seule mission en travail manuel était d'assurer le bon fonctionnement de la briqueterie. Avant la fin de l'année, nous avions à fabriquer les dernières briques destinées à l'agrandissement de l'école. Les moules d'argile seraient enfournés dans quelques jours.

Tous les matins, à l'heure du jogging, un petit groupe partait là-bas pour mouler, démouler et sécher la pâte d'argile. Le lendemain, un autre groupe le remplaçait.

Malgré l'apparence calme, les dernières semaines des lycéens n'en étaient pas moins actives. Après minuit, alors que toutes les lumières des classes étaient éteintes, la plupart des lits restaient vides. À l'ombre des allées, le long des murets de cyprès, des silhouettes dédoublées circulaient.

Le domaine du lycée n'était pas très grand, mais peu de gens tentaient d'aller à l'extérieur. Les promeneurs en couple se retrouvaient souvent nez à nez. En se croisant, ils s'échangeaient un sourire complice et se séparaient.

De temps en temps, ils tombaient sur Yanyan qui revenait de l'extérieur.

— Encore allée faire la lessive à la briqueterie ? plaisantaient-ils.

Yanyan feignait un geste de menace, sans s'arrêter de fredonner.

Depuis quelques jours, les briques étaient dans le fourneau. La surveillance de la cuisson exigeait une présence permanente. Un ouvrier y veillait dans la journée ; le soir, un élève était envoyé prendre le relais. Weiguo s'était porté volontaire pour cette tâche.

Il partait après les cours de l'après-midi et le soir, Yanyan lui apportait le repas. Souvent, elle y restait pour la soirée et rentrait seule dans la nuit.

À mon étonnement, elle n'avait plus du tout peur du noir nocturne. Cela l'amusait même de marcher avec une lampe de poche, en écoutant le chant des grenouilles et des crapauds.

Weiguo faisait envie à plus d'un garçon, moins peut-être pour la chance d'avoir quelqu'un qui s'occupait de sa lessive que pour son embauche qui se précisait. Un officier de l'armée était venu au lycée et avait convoqué quelques élèves à l'entretien ; Weiguo, ainsi que Tian, en faisaient partie.

Après l'entretien, Tian parut plus confiant. Il rayonnait de bonheur. Yuling n'était pas moins fière ; sa propre carrière ne s'annonçait pas mal non plus. Le secrétaire de la commune, qui gardait une très bonne impression de son interprétation sur scène de la Fille aux cheveux blancs, avait suggéré personnellement de lui trouver un poste à l'administration de la commune. À ce jour, elle avait déjà une proposition pour entrer à la radio de la montagne de Jade.

Les examens étaient enfin terminés. En attendant l'annonce officielle des orientations, nous étions divisés en deux groupes ; l'un fut envoyé à la briqueterie, l'autre à l'aire de battage.

L'école ne possédant pas encore de batteuse, nous devions mettre le blé sur une égreneuse que nous faisions tourner en pédalant. Les issues du blé giclaient sur nos visages, entraient dans le col des vêtements. Nos yeux, nos narines et nos oreilles étaient bouchés par ces petits éclats qui nous piquaient. Quand l'égreneuse semi-automatique chauffait trop, nous l'éteignions pour la laisser reposer ; pendant ce temps, le blé était vanné avec la pelle en bois, et les grains étaient mis au grenier.

La fin des examens n'avait apporté ni la fête ni la détente, contrairement à ce que j'avais espéré. Certains de nos camarades, renonçant au rêve de devenir fonctionnaire, commençaient à préparer leur retour au village, mais beaucoup d'autres espéraient encore une affectation qui changerait leur vie. L'atmosphère était tendue et délicate. Dans la classe, on s'observait les uns les autres, on se méfiait. Quelques incidents éclatèrent et mirent dos à dos d'anciens amis.

Un jour, le panneau d'affichage devant la cantine attira beaucoup de monde, ce qui était devenu rare depuis quelque temps. Je m'approchai avec curiosité. Les dazibaos avaient disparu depuis la dernière campagne ; de quoi pouvait-il s'agir sur celui-ci ?

Tout le monde se poussait, m'empêchant de lire ; j'attrapai Yuling qui sortait de la bousculade et lui posai la question.

Elle ne répondit pas, se frayant un chemin avec rage et s'éloignant sans se retourner.

L'affiche dénonçait « le comportement immoral de certains ». D'après ses auteurs, les promeneurs nocturnes en couple étaient en train d'abîmer la morale de l'école socialiste, ils donnaient une mauvaise influence aux jeunes élèves du collège.

Au milieu de la foule qui lisait, j'aperçus notre professeur Song. L'expression de son visage était insaisissable ; je ne saurais dire si cette esquisse de sourire étrange était le résultat du choc ou de la satisfaction.

Notre professeur principal était devenu beaucoup plus discret depuis la dernière campagne. Il avait pris ses distances avec Yuling ; mais plus d'une fois, j'avais remarqué qu'il la suivait d'un regard envieux quand elle partait avec son amoureux.

Le lendemain du dazibao, Song nous recommanda de ne pas relâcher les efforts à la veille de la fin des études.

Les silhouettes des promeneurs de nuit se faisaient plus rares. Les jours continuaient à s'écouler dans une apparente tranquillité. Beaucoup se préoccupaient déjà de leurs futures activités, s'échangeant leurs adresses, se jurant de s'écrire, ou faisant d'autres promesses qu'ils savaient d'avance ne pas pouvoir tenir.

Les préparatifs de la cérémonie du diplôme commencèrent. Chen me désigna pour aider la directrice adjointe à décorer la salle et à envelopper les cadeaux. Pendant le travail, la directrice m'annonça qu'elle allait partir, elle aussi. Sa fonction de représentante des paysans arrivait à son terme.

— Le nouveau représentant est arrivé hier ; moi, je vais retourner dans mon village, les Lotus Rouges. C'est assez joli : venez donc faire une visite avant de rentrer à Pékin !

Lotus Rouges ? Mais c'était le village de la belle-famille de Fengwen ! Je lui demandai si elle avait de ses nouvelles.

— Elle s'est mariée avant la moisson des blés, en même temps que son frère. Sa belle-mère la traite bien, elle ne lui donne pas beaucoup de travail et dit à son fils de ne pas la fatiguer. Fengwen est la seule femme instruite de la famille, son mari n'a fait que l'école primaire…

Yuling me fit signe à la porte, et je m'approchai. Elle voulait emprunter ma torche électrique.

— Encore ? Ça fait déjà deux fois cette semaine…

—Chut ! S'il te plaît, me supplia Yuling.

—Ne fais pas de bêtise, lui dis-je en allant chercher la lampe.

—Que veux-tu ? murmura-t-elle dans un sourire ; il nous reste si peu de temps !

Son doux visage illuminé par l'amour ressemblait plus que jamais à une pêche toute fraîche. Qu'il avait de la chance, Tian !

Depuis quelque temps, Yuling et Tian se voyaient moins. Mais, le jour de leur séparation approchant, ils reprirent leurs rendez-vous secrets. Par précaution, ils s'éloignaient de l'école et allaient jusqu'à l'étang Vert.

En partant, Yuling me fit promettre de garder comme d'habitude le secret.

C'était inutile. Beaucoup de gens étaient au courant de leurs escapades nocturnes. De toute façon, ils n'étaient pas les seuls à enfreindre l'interdiction.

J'étais déjà sous la couverture lorsque le bruit de cris et de pas lourds me fit jeter mon livre. Je sautai du lit. Il était presque onze heures.

Tout le monde se précipita dans la cour et s'interrogeait sur la raison du tumulte à une heure pareille. Des lampes de poche s'agitaient dans tous les sens. Dans les faisceaux croisés de lumière, des hommes poussaient brutalement deux jeunes gens : le garçon avait les mains attachées. Je reconnus avec stupeur les silhouettes de Tian et de Yuling.

Que s'était-il passé ?

Un homme chauve au visage carré commandait à haute voix. Liping me murmura à l'oreille qu'il était le nouveau représentant des paysans. Il ordonna aux surveillants d'amener Yuling et Tian au milieu du préau, puis se retourna vers nous.

— Venez, venez tous ! cria-t-il.

Chen arriva. Il prit à part l'homme chauve et discuta avec lui à voix basse. L'homme opina de la tête, et Chen fit détacher les mains de Tian.

— Rentrez dans votre chambre, nous dit-il, fronçant les sourcils.

Nous bougions lentement, voulant connaître le sort réservé à nos deux amis. Je me sentais coupable d'avoir prêté ma lampe de poche.

Le représentant des paysans fit signe aux surveillants d'emmener Tian et Yuling, puis gronda dans notre direction :

— Allez, rentrez ! Vous n'avez pas entendu ?

Sa voix fut couverte par l'éclatement du tonnerre.

L'averse dura plusieurs jours.

Cette nuit-là, le tonnerre et les éclairs avaient provoqué une insomnie chez beaucoup d'entre nous. Nous apprîmes le lendemain que Tian et Yuling avaient été surpris dans la petite cabane de la melonnière, près de l'étang Vert. La cabane était inoccupée en cette saison, les melons n'étant pas encore mûrs.

L'étang se trouvait à une dizaine de minutes de l'école ; les surveillants, munis d'une corde pour leur attacher les mains, avaient surgi pendant que les amoureux s'enlaçaient. Tout laissait deviner que l'opération avait été préparée à l'avance.

En cette seule nuit, Yuling avait changé.

Elle allait et venait, participait à la réunion et au travail sans dire un mot ; on ne l'entendit plus chanter. Souvent elle restait assise dans un coin ; ses yeux au regard fixé droit devant elle étaient sans lumière et sans vie.

Il n'y avait pas eu de sanction contre Yuling. Dans ce genre d'affaires, la fille était traditionnellement considérée comme une victime.

Pour Tian, ce fut différent. Il fut gardé pendant deux jours dans une pièce isolée. Le nouveau représentant des paysans voulut lui faire reconnaître qu'il avait eu un rapport avec Yuling et il menaçait d'organiser une réunion publique pour « aider » Tian à avouer; mais ce dernier nia catégoriquement.

Chen mit fin à cette garde à vue.

Le même jour, l'officier de l'armée vint au lycée pour un dernier entretien avec les candidats sélectionnés, Tian ne fut pas convoqué.

Il pleuvait fort ce matin-là. Je me souviens encore de ces rideaux de pluie qui tombaient de tous les toits de paille. Le jour s'était levé depuis longtemps, mais le ciel était de la même couleur que la boue noire.

L'élève envoyé chercher Weiguo pour l'entretien revint avec l'ouvrier de la briqueterie. Ils étaient tous les deux trempés jusqu'aux os et couverts de boue, et l'ouvrier saignait à la jambe gauche.

Le jeune élève ouvrit la bouche mais n'émit aucun son: il avait l'air très bouleversé.

L'ouvrier avançait en boitant, sa voix était essoufflée.

—Votre élève, Monsieur le directeur…

—Qu'y a-t-il? demanda vivement Chen.

—Il y a eu un accident à la briqueterie… le fourneau… le fourneau s'est écroulé!

Chen changea de couleur.

—Ce matin, comme d'habitude, j'allai à la briqueterie remplacer Weiguo. Il n'était pas dans sa chambre, c'était bizarre… La cuisson est déjà finie, on n'a plus besoin de la surveiller, on attend juste qu'il fasse beau pour défourner les briques. Il tombait des cordes, où pouvait-il bien être ? Alors je suis allé voir au fourneau, qui s'était déjà à moitié affaissé.

—Avez-vous retrouvé Weiguo ?

—Oui. Il faisait des va-et-vient entre le fourneau et la baraque, pour sortir les briques. Je lui ai dit de laisser tomber, il pleuvait si fort, le caveau du fourneau risquait de s'écrouler – vous savez, le caveau n'était pas en bon état, mais on l'a pas réparé parce c'était la dernière fournée – mais Weiguo ne m'écoutait pas, il disait qu'il fallait à tout prix sauver les biens de la commune populaire. J'ai essayé de l'aider, mais le caveau s'est écroulé juste au moment où je sortais. Weiguo, lui, il était dedans, je n'ai pas pu le sortir…

Repoussant violemment le parapluie qu'on lui tendait, Chen se précipita dans la pluie, suivi de Song et d'autres professeurs.

La réunion de la fin d'année eut lieu en plein air. La pluie s'était enfin arrêtée, mais le ciel restait couvert. Le soleil s'étouffait derrière le voile des nuages gris.

Avant la distribution des diplômes, une cérémonie fut consacrée à la mémoire de Weiguo. Le père de Weiguo avait reçu une autorisation spéciale pour quitter l'étable de la ferme. Il était venu avec sa femme, accompagnés des parents de Liping, leurs vieux amis.

Devant la photo de leur fils installée au milieu d'un cercle de fleurs en papier, la mère ne tenait plus debout, mais le général ne versa pas une larme. Il restait immobile, le dos et les jambes droits, les mains qui tenaient sa casquette tomba vers l'avant. Je remarquai pour la première fois qu'il avait les cheveux tout blancs.

Ils retournèrent à l'école des cadres tout de suite après la cérémonie, Yanyan partit avec eux. Elle ne voulait pas attendre la fin officielle de l'année. Les parents de Liping avaient obtenu pour Yanyan l'autorisation d'aller passer quelques jours avec sa maman.

En montant dans la jeep qui les emmenait, la mère de Liping nous apprit la mort de Daniu. La jeune fille mongolienne s'était noyée dans un étang, non loin de l'étable.

C'était l'étang des Canards, où nous nous étions baignées si souvent l'été précédent.

Je sentais encore l'odeur suave des nénuphars, leurs couleurs rouges et blanches étaient encore présentes dans mon esprit. Mais, sans savoir pourquoi, elles se transformèrent en taches de couleurs intenses qui mc firent penser au premier sang qui macula, ce jour-là, la culotte blanche de la jeune fille au visage hagard.

Avec Liping et Yuling, je voulus faire une dernière promenade avant de quitter la montagne de Jade, pour revoir les endroits où nous avions vécu pendant deux ans.

Le soleil était revenu, mais le paysage semblait avoir perdu à jamais son éclat.

À la briqueterie, le fourneau n'était plus qu'un tas de débris. Nous en étions pourtant tellement fières il y a encore si peu de temps !

La pluie avait déjà effacé les traces du sang d'un jeune Pékinois de dix-sept ans. Les briques qu'il avait sauvées étaient sorties de la baraque, elles séchaient au soleil. Les jeunes lycéens se chargeraient de les transporter à l'école. Chen promit de faire venir le photographe du bourg pour prendre des photos lorsque les travaux d'agrandissement seraient finis. Les nouveaux élèves sauraient qu'un lycéen venu de Pékin avait sacrifié sa vie pour la montagne de Jade. Les parents de Weiguo pouvaient être fiers de lui.

Oui, ils pouvaient être fiers, ses parents qui avaient perdu leur fils unique. Weiguo avait été fidèle à l'éducation qu'il avait reçue. Je ne savais pas s'ils éprouvaient du regret, mais j'étais sûre que Weiguo n'aurait pas agi autrement, si c'était à recommencer.

L'ouvrier nous remit un carnet qu'il l'avait trouvé dans la chambre de Weiguo, sur son lit. Je pensai l'apporter à Yanyan.

En le mettant dans mon sac, une feuille de journal pliée en quatre en tomba. C'était un article découpé dans le *Quotidien du Peuple*, un reportage sur un jeune héros, Jin Xunhua, qui avait sauté dans la rivière pour protéger de son propre corps la digue de la commune populaire. Un passage était souligné en rouge, à côté duquel Weiguo avait écrit ces lignes:

«Je veux prendre l'exemple du camarade Jin Xunhua: si la cause socialiste en a besoin, je n'hésiterai pas non plus à sacrifier ma vie.»

Le long du petit chemin si familier, nous marchions lentement. Il me rappelait nos premiers cours de travail manuel, le désespoir que nous avions éprouvé au bord du chemin, à la vue des briques.

Le champ de luzerne venait d'être labouré, les fleurs mauves et les feuilles vertes gisaient pêle-mêle dans la terre jaune. L'odeur de la terre me rappela notre joie de chanter au petit matin, au milieu du blé vert et des fleurs dorées de colza...

Je me retournai vers Yuling.

—Alors, tu as pris ta décision?

Yuling hocha la tête.

Comme tout le monde s'en doutait, Tian n'avait pas pu partir pour l'armée. Il allait rentrer dans son village, devenir paysan, comme son père et son grand-père.

Yuling non plus n'avait pas obtenu son poste à la radio communale. Malgré l'avis favorable du secrétaire du parti, personne n'osait prendre le risque d'embaucher une jeune fille dont la réputation était souillée.

Les parents de Tian se félicitèrent qu'aucune sanction pénale ou disciplinaire ne frappât leur fils, mais ils en voulaient à la jeune fille. Toute sa famille la prenait pour responsable du malheur de Tian. Cette fille légère t'a séduit, lui disaient-ils; elle a gâché la plus grande chance de ta vie et à cause d'elle, tu resteras toute ta vie à la campagne !

Ils s'opposaient tous àTian lorsqu'il parlait d'épouser Yuling. Ses sœurs surtout affirmaient catégoriquement: « Mais tu n'y penses pas ? Ce n'est pas une fille comme il faut ! »

Son père aussi refusait fermement: « Pas question. Je suis chef du village, je ne peux pas avoir une bru d'une telle réputation. »

La mère ne pouvait que pousser un soupir et le consolait: « Une femme trop belle n'est pas une bonne chose; elle ne cessera jamais de te causer des ennuis ! »

...

—Oui, j'ai pris ma décision, répéta Yuling.

Sa voix était calme, voire indifférente, comme si on parlait de quelqu'un d'autre.

—On va se marier assez vite. C'est Song qui le souhaite; moi, ça m'est égal. Il me promet de convaincre Chen de me trouver un poste au lycée après notre mariage... Que voulez-vous ? Je n'ai pas honte de l'avouer, le statut d'une fonctionnaire ne m'est pas indifférent.

—Plus important que ton propre bonheur? demanda Liping.

—Le bonheur? Yuling fit un geste las – je suis maintenant une fille perdue, je dois m'estimer heureuse qu'il veuille encore de moi.

Nous ne savions plus que dire. Yuling jeta en arrière ses belles nattes, et reprit d'un air plus gai:

—Hé, ne faites pas cette tête-là! Song n'est pas si mauvais que ça, vous savez! Je commence à le connaître mieux. En tout cas, il est vraiment très gentil avec moi. Comme disait un vieux proverbe de chez nous: «Vieux mari, jeune femme, l'harmonie sans faille.» Je n'ai pas à me plaindre…

Sa voix retentissait à travers les champs.

Nous nous approchions des deux étangs. Sous le soleil, le Jade vert reflétait la colline dans son miroir en couleur de sapin, tandis que le Jade blanc reprenait petit à petit sa clarté opaque.

Aux éditions de l'Aube
(extrait du catalogue)

A Cheng, *Perdre son chemin*
A Cheng, *Chroniques*
A Cheng, *Le roman et la vie : sur les coutumes séculaires chinoises*
Idriss al'Amraoui, *Le paradis des femmes et l'enfer des chevaux*
Algérie, lettres des deux rives
Salah Al Hamdani, *Le cimetière des oiseaux*, suivi de *Bagdad mon amour*
Renaud Ambite, *Thérèse m'agaçait*
Kebir M. Ammi, *Thagaste*
Kebir M. Ammi, *La fille du vent*
Bama, *Sangati*
Joshua Barkan, *Avant Hiroshima – La confession de Murayama Kazuo*
Treize écrivains tchèques, *Les belles étrangères*
Treize écrivains algériens, *Les belles étrangères*
Karima Berger, *L'enfant des deux mondes*
Karima Berger, *La chair et le rôdeur*
Bernard-Alex, *Extr'aime violence*
Gianfranco Bettin, *L'héritier*
Gianfranco Bettin, *Pas même le destin*
Maïssa Bey, *Cette fille-là*
Maïssa Bey, *Entendez-vous dans les montagnes…*
Maïssa Bey, *Au commencement était la mer*
Maïssa Bey, Mohamed Kacimi, Nourredine Saadi, Boualem Sansal et Leïla Sebbar, *Journal intime et politique. Algérie, 40 ans après*
Adam Biro, *Précis de musique charnelle*
Amy Bloom, *Mauvais genre*
Jorge Luis Borges, *Ultimes dialogues*

Jorge Luis Borges, *Nouveaux dialogues*
Jorge Luis Borges, *Borges en dialogue*
Bosquet de Thoran, *Deux personnages sur un chemin de ronde*
Bosquet de Thoran, *Le cavalier de la Monalena*
Rachid Boudjedra, *Cinq fragments du désert*
J. M. Briceño Guerrero, *L'enfance d'un magicien*
J. M. Briceño Guerrero, *Discours sauvage*
J.-M. Briceño Guerrero, *Discours des Lumières*, suivi de *Discours des Seigneurs*
Christopher Brookmyre, *Petite bombe noire*
Fernando Butazzoni, *Le tigre et la neige*
Jean-Pierre Cannet, *La lune chauve*
Karel Čapek, *L'année du jardinier*
Karel Čapek, *R.U.R.*, suivi de *Le dossier Makropoulos* et de *La maladie blanche*
Brian Castro, *L'architecte chinois*
Gérard Chaliand, *Anthologie de la poésie populaire kurde*
Gérard Chaliand, *Les voix du sacré*
Michelle Chanonat, *Passager clandestin*
Abed Charef, *Miloud, l'enfant d'Algérie*
R. Chûdâmani *et alii*, *L'arbre Nâgalinga*
Chu Lai, *Rue des Soldats*
Shalom Cohen, *Inchirah : une fille d'Alexandrie*
Hubert Delobette et Jean-Marc Égly, *Le rêve du papillon rouge*
Kosta Dimitrijević, *La petite paysanne au trapèze volant*
Peter Diener, *Le journal d'une folle*
Raymond Dubois, *Un navire chargé d'oubli*
Duong Huong, *L'embarcadère des femmes sans mari*
Duong Thu Huong, *Histoire d'amour racontée avant l'aube*
Catherine Durandin, *La trahison*
Ali Erfan, *La route des infidèles*
Ali Erfan, *Le dernier poète du monde*
Ali Erfan, *Les damnées du paradis*
Ali Erfan, *La 602e nuit*
Ali Erfan, *Ma femme est une sainte*
Miles Franklin, *Ma brillante carrière*
Miles Franklin, *Le pays d'en haut*
Raymond Galle, *La tristesse du veilleur de nuit*
Gao Xingjian, *La montagne de l'âme*
Gao Xingjian, *Une canne à pêche pour mon grand-père*

Gao Xingjian, *Le Livre d'un homme seul*
Gao Xingjian, Denis Bourgeois, *Au plus près du réel*
Jean-Luc Gaulin, *Les arbres-locataires*
Mélina Gazsi, *L'armoire aux secrets*
Ge Fei, *Impressions à la saison des pluies*
Salima Ghezali, *Les amants de Shahrazade*
Allain Glykos, *Les résidences de l'inquiétude*
Virion Graçi, *Le paradis des fous*
Denis Guénoun, *Le pas*
Denis Guénoun, *Un conte d'Hoffmann*
Hubert Haddad, *Le chevalier-alouette*
Walter Hasenclever, *Côte d'Azur 1940 : impossible asile*
Václav Havel, *L'anatomie du gag*
Václav Havel, *Lettres à Olga*
He Jiahong, *Le mystérieux tableau ancien*
He Jiahong, *Crime de sang*
Ingeborg Hecht, *Les murailles invisibles : une famille allemande sous les lois de Nuremberg*
Marion Hennebert et Nina Kehayan (éd.), *Librairie, librairies – regards d'écrivains*
Jeannine Herrmann-Grisius, *Le visage oublié*
Ho Anh Thai, *L'île aux femmes*
Zora Neale Hurston, *Des pas dans la poussière*
Gary Indiana, *Perverse indifférence*
Javad, *Le soupir de l'ange*
Raymond Jean, *La leçon d'écriture*
Béatrice de Jurquet, *Cour intérieure*
Julian Kawalec, *Au soleil*
Nina Kehayan, *Un soldat dans la neige*
Thomas Keneally, *Femme en mer intérieure*
Nìkos Kokantzis, *Gioconda*
Sergio Kokis, *Le pavillon des miroirs*
Sergio Kokis, *Negão et Doralice*
Kosovo dans la nuit
Hanna Krall, *La sous-locataire*
Jane Lazarre, *Splendeur (et misères) de la maternité*
Mohamed Leftah, *Demoiselles de Numidie*
Nikolaï Leskov, *Le paon*
Franck Magloire, *Ouvrière*
Falih Mahdi, *Prières de sang*

Naguib Mahfouz, *Le voyageur à la mallette*
Naguib Mahfouz, *Le vieux quartier*
Louis Maspero, *Une île au bord du désert*
Louis Maspero, *Une vie d'Antonia*
Philippe Massonnet, *La crêperie de Pékin*
Georges M. Mattéi, *L'Algérie pour le théâtre*
Youcef M. D., *Le mauvais œil*
Youcef M. D., *Toute une vie pour l'aimer*
Bachir Mefti, *L'archipel des mouches*
Betty Milan, *Le perroquet et le docteur*
Chrònìs Mìssios, *Toi au moins, tu es mort avant*
Anna Moï, *L'écho des rizières*
Anna Moï, *Parfum de pagode*
Tirso de Molina, *Don Juan – ou le baiseur de Séville*
Jacques Mondoloni, *Polichinelles dans le terroir*
Denis Montebello, *Moi, Petturon, prince celte*
Juan Mora, *Français comme tout le monde*
Magali Morsy, *Dictionnaire du Luberon*
Mounsi, *Les jours infinis*
Jiří Mucha, *Au seuil de la nuit*
Mudrooroo, *Le maître du rêve-fantôme*
Nam Cao, *Chí Phéo, paria casse-cou*
Khalid Nawisa, *Bonjour, Douleur !*
Vítežslav Nezval, *Rue Gît-le-Cœur*
Nguyên Huy Thiêp, *Un général à la retraite*
Nguyên Huy Thiêp, *Le cœur du tigre*
Nguyên Huy Thiêp, *La vengeance du loup*
Nguyên Huy Thiêp, *Conte d'amour un soir de pluie*
Nguyên Huy Thiêp, *Une petite source douce et tranquille*
Nguyên Huy Thiêp, *L'or et le feu*
Nguyên Khac Truong, *Des fantômes et des hommes*
Nguyên Quang Thiêu *et alii*, *La fille du fleuve*
Nguyên Quang Thiêu, *La petite marchande de vermicelles*
Constantin Paoustovski, *La tanche d'or*
Victor Paskov, *Ballade pour Georg Henig*
Victor Paskov, *Allemagne, conte cruel*
Karel Pecka, *Passage*
Karel Pecka, *Le carré d'honneur*
Jean Pelchat, *La survie de Vincent Van Gogh*
Brigitte Peskine, *Les eaux douces d'Europe*

Jean Vincent Pioli, *Pain sans chocolat*
Michèle Rakotoson, *Lalana*
Négovan Rajic, *Les hommes-taupes*
Nikom Rayawa, *L'empailleur de rêves*
Catherine Revault, *Un figuier sous la neige*
H. H. Richardson, *Les chemins de Raison*
Françoise Robert, *Pas là*
Pernille Rygg, *L'effet papillon*
Pernille Rygg, *La section dorée*
Youssef Seddik, *Le Coran, autre lecture, autre traduction*
Jean-Louis Serrano, *Le monde m'était promis*
Gustaf Sobin, *Fruit de glace*
Dana Spiotta, *Elles à L. A.*
Emilian Stanev, *L'Antéchrist*
Luan Starova, *Le rivage de l'exil*
Yveline Stéphan, *Élise B.*
Yveline Stéphan, *Un voile rouge à la surface des vagues*
Beat Sterchi, *La vache*
Idir Tas, *L'étoile des neiges*
Dominik Tatarka, *Une saison à Paris*
Rachida Titah, *Un ciel trop bleu*
To Hoai, *Les aventures de Grillon*
Frédérick Tristan, *La Geste serpentine*
Frédérick Tristan, *L'atelier des rêves perdus*
Jean-Michel Valençon, *Noces d'ombre*
Vân Mai, *Gens du Saule*
Marlene van Niekerk, *Triomf*
Maxime Vivas, *La bousculade*
Marisa Volpi, *La maison de la rue Tolmino*
Vu Bao *et alii*, *Le héros qui pissait dans son froc*
Wei-Wei, *Fleurs de Chine*
B. Wongar, *Raki, la corde de chanvre*
Xixi, *Une fille comme moi*
XXe siècle, mon amour
Céline Yang, *Paris, toujours Paris*
Spôjmaï Zariâb, *Dessine-moi un coq*
Stefan Zweig, *Le Brésil, terre d'avenir*

Achevé d'imprimer en décembre 2003
sur rotative par l'imprimerie Darantiere, 21800 Quetigny
pour le compte des éditions de l'Aube
Le Moulin du Château, F-84240 La Tour d'Aigues

Numéro d'édition : 870
Dépôt légal : janvier 2004
N° d'impression : 23-1452

Imprimé en France